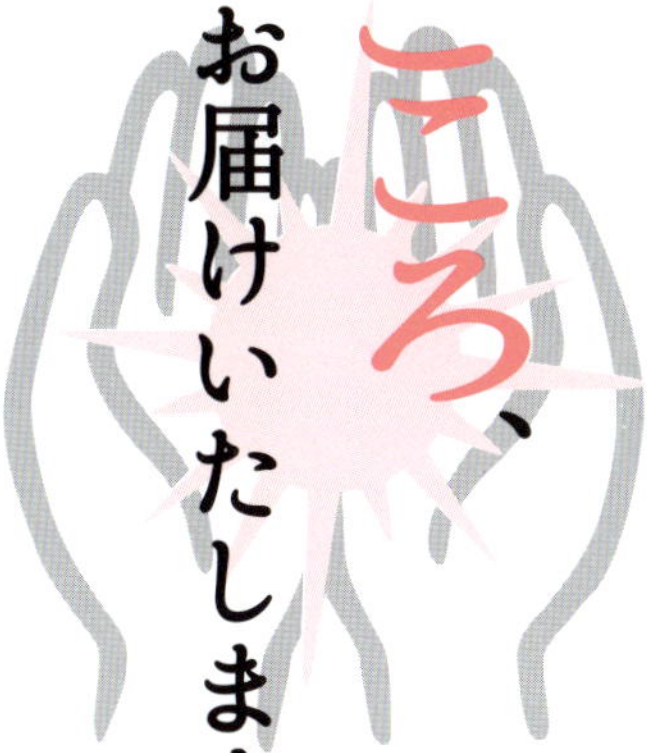

まごころ、お届けいたします。

From the Bottom of Heart

くもん出版

まごころ、お届《とど》けいたします。

もくじ

キンショキショキ　豊島与志雄《とよしまよしお》　5
日輪草《ひまわりそう》　竹久夢二《たけひさゆめじ》　21
虔十公園林《けんじゅうこうえんりん》　宮沢賢治《みやざわけんじ》　29
利根《とね》の渡《わたし》　岡本綺堂《おかもときどう》　47
家霊《かれい》　岡本《おかもと》かの子《こ》　77

名人伝《めいじんでん》　中島《なかじま》　敦《あつし》　107
最後《さいご》の一句《いっく》　森《もり》　鷗外《おうがい》　125
作品によせて（水越規容子）　154

どこからか、
キンショキショキ、キンショキショキ……
という気《き》持《も》ちのいい音《おと》が聞《き》こえてきました。

キンショキショキ

豊《とよ》島《しま》与《よ》志《し》雄《お》

豊島与志雄《とよしまよしお》　一八九〇―一九五五

ひとりっ子《こ》として育《そだ》った作者《さくしゃ》は、夜《よる》は祖母《そぼ》シナといっしょに床《とこ》をならべ、さまざまな昔話《むかしばなし》を聞《き》いて育《そだ》ちました。作者《さくしゃ》の文学《ぶんがく》との出会《であ》いは、こうした祖母《そぼ》の語《かた》ってくれた物語《ものがたり》にあったようです。「童話《どうわ》の世界《せかい》は（中略《ちゅうりゃく》）目《め》に見《み》たり耳《みみ》に聞《き》いたりする物事《ものごと》の、その一《ひと》つ向《む》こうの奥深《おくぶか》いそして晴々《はればれ》としたそして不思議《ふしぎ》な、何《なん》ともいえないある世界《せかい》」だと語《かた》るなかに、作者《さくしゃ》の童話観《どうわかん》が見《み》てとれるでしょう。

一

今《いま》のように世《よ》の中《なか》が開《ひら》けていないずっと昔《むかし》のことです。ある片田舎《かたいなか》の村《むら》に、ひょっこり一ぴきの猿《さる》がやってきました。ひじょうに大《おお》きな年《とし》とった猿《さる》で、背中《せなか》に赤《あか》い布《ぬの》をつけ、頸《くび》に鈴《すず》をつけて、手《て》に小《ちい》さな風呂敷包《ふろしきづつ》みをさげていました。

村《むら》の広場《ひろば》で遊《あそ》んでいた子《こ》どもたちは、その不思議《ふしぎ》な猿《さる》を見《み》つけて、大《おお》騒《さわ》ぎを始《はじ》めました。けれども猿《さる》は平気《へいき》な顔《かお》つきで、別《べつ》に人《ひと》をこわがるふうもなく、わいわいさわぎたてる子《こ》どもたちを後《あと》にしたがえて、倉《くら》のある大《おお》きな家《うち》の前《まえ》へやってゆきました。そして、そこの庭《にわ》の真《ま》ん中《なか》で、頸《くび》の鈴《すず》をチリンチリン鳴《な》らしながら、後足《あとあし》で立《た》ち上《あ》がっておかしな踊《おど》りを始《はじ》めました。

子《こ》どもたちはびっくりして、猿《さる》のまわりを円《まる》く取《と》り囲《かこ》んで、だまってその踊《おど》りをながめました。踊《おど》りが一《ひと》つすむと、みんな夢中《むちゅう》になって手《て》をたたいてはやし立《た》てました。すると、猿《さる》はまた別《べつ》な踊《おど》りを始《はじ》めました。

倉《くら》のある家《うち》の人《ひと》たちは、表《おもて》の庭《にわ》がそうぞうしいので、不思議《ふしぎ》に思《おも》って出《で》てきました。見《み》ると、大勢《おおぜい》の子《こ》どもたちの真《ま》ん中《なか》で、赤《あか》い布《きれ》と鈴《すず》とをつけた大《おお》きな猿《さる》が、変《へん》な踊《おど》りをおどっています。

「おや、不思議《ふしぎ》な猿《さる》ですねえ。どこの猿《さる》ですか」と家《うち》の人《ひと》はたずねました。けれど子《こ》どもたちも、どこから来《き》たどういう猿《さる》だか、少《すこ》しも知《し》りませんでした。

そのうちに、猿《さる》は踊《おど》りをすましました。そして、風呂敷包《ふろしきづつ》みからお米《こめ》を一《ひと》つかみ取《と》り出《だ》して、片方《かたほう》の手《て》でそれを指《ゆび》さしながら、しきりに頭《あたま》をさげています。「お米《こめ》をください」といってるような様子《ようす》です。

家《うち》の人《ひと》はそれを悟《さと》って、米《こめ》を少《すこ》し持《も》ってきてやりました。猿《さる》は風呂敷《ふろしき》をひろげてそれをもらいとると、何度《なんど》もうれしそうにお辞儀《じぎ》をしました。それから、また別《べつ》な家《うち》の方《ほう》へやってゆきました。子《こ》どもたちは面白《おもしろ》がってついてゆきました。

次《つぎ》の家《うち》でも、猿《さる》は同《おな》じことをして、お米《こめ》をもらいました。そういうふうにして、何軒《なんげん》かまわって風呂敷《ふろしき》にいっぱい米《こめ》がたまると、猿《さる》はそれをかかえて、いっさんに走《はし》りだしました。子《こ》どもたちも後《あと》を追《お》っかけましたが、猿《さる》の足《あし》の早《はや》いの早《はや》くないのって、またたくうちにどこへ行《い》ったか見《み》えなくなってしまいました。

二

不思議《ふしぎ》な猿《さる》のうわさは、たちまち村中《むらじゅう》の評判《ひょうばん》になりました。

「どこから来《き》たんだろう。……どうしたんだろう。……何《なん》だろう。……

不思議《ふしぎ》だな」

けれどたれ一人《ひとり》としてその猿《さる》を知《し》ってる者《もの》はありませんでした。

ところが、その翌日《よくじつ》になると、またひょっこりとその猿《さる》がやってきました。やはり赤《あか》い布《きれ》と鈴《すず》とをつけ、小《ちい》さな風呂敷包《ふろしきづつ》みを持《も》っていました。そして村《むら》の家《うち》の前《まえ》でおどってみせました。がこんどは、風呂敷《ふろしき》から野菜《やさい》の切《き》れはしを取《と》り出《だ》して、それをくれというようなんです。村《むら》の人《ひと》たちは前日《ぜんじつ》のうわさでもうよく心得《こころえ》ていますので、大根《だいこん》だの牛蒡《ごぼう》だの芋《いも》だのいろんな野菜《やさい》をやりました。猿《さる》はそういうものを風呂敷《ふろしき》いっぱいもらいためると、またいっさんにどこへともなく逃《に》げ失《う》せてしまいました。

さあ村中《むらじゅう》のうわさはますます高《たか》くなりました。けれどやはりどういう猿《さる》だか知《し》ってる者《もの》はありませんでした。

すると、猿《さる》をちらと見《み》たという村《むら》の老人《ろうじん》の一人《ひとり》が、こんなことをいいだしました。

たれ…だれ（誰《だれ》）の古《ふる》いいい方《かた》。

「あれは猿爺《さるじい》さんの猿《さる》じゃないかな」

それを聞《き》いて、他《た》の老人《ろうじん》たちもいいました。

「なるほど、猿爺《さるじい》さんの猿《さる》にちがいない」

そこで、あの猿《さる》は猿爺《さるじい》さんの猿《さる》だろうということになりましたが、村《むら》の若《わか》い人《ひと》たちは、その猿爺《さるじい》さんのことをあまりよくは知《し》りませんでした。で老人《ろうじん》たちはくわしく話《はな》してきかせました。

猿爺《さるじい》さんというのは、五年《ねん》に一度《ど》くらいずつ村《むら》にまわってくる、田舎《いなか》まわりの猿使《さるつか》いの爺《じい》さんでした。長《なが》い髪《かみ》の毛《け》も胸《むね》にたれてる髭《ひげ》も、昔《むかし》からまっ白《しろ》であって、日《ひ》に焼《や》けた額《ひたい》には深《ふか》いしわがよっていて、いくつになるのか年齢《とし》のほどもわかりませんでしたが、方々《ほうぼう》の国《くに》でさまざまなものを見《み》てきて、人《ひと》の知《し》らない不思議《ふしぎ》なことを知《し》っている、みょうな人《ひと》だそうでした。そして、この爺《じい》さんの連《つ》れてる猿《さる》がまた、ひじょうに大《おお》きな年《とし》とった猿《さる》で、いつも背中《せなか》に赤《あか》い布《きれ》をつけ頸《くび》に鈴《すず》をつけて、爺《じい》さんと友《とも》だちのように並《なら》んで歩《ある》いていて、爺《じい》さんの言葉《ことば》は何《なん》でもよく聞《き》き分《わ》けるのだそうでした。

そしてこの二人《ふたり》は、爺《じい》さんがいろんな歌《うた》をうたいそれにつれて猿《さる》がおかしな踊《おど》りをおどり、方々《ほうぼう》の家《うち》でお金《かね》やお米《こめ》などを少《すこ》しずつもらって、はてしもない旅《たび》を続《つづ》けてるのでした。大《おお》きな町《まち》や都会《とかい》をきらって、田舎《いなか》の方《ほう》ばかりをまわってるのでした。都会《とかい》よりも田舎《いなか》の方《ほう》が、のんびりとして気持《きも》ちもよく、お金《かね》もかからないというのです。宿屋《やどや》がないような辺鄙《へんぴ》なところへ行《い》くと、雨《あめ》の降《ふ》る間《あいだ》は幾日《いくにち》も神社《じんじゃ》のなかに泊《と》まっていたり、天気《てんき》の日《ひ》には木影《こかげ》に野宿《のじゅく》したりしました。下《した》にござを敷《し》き上《うえ》に毛布《もうふ》をかけて、爺《じい》さんと猿《さる》とはいっしょに寝《ね》ました。そのござと毛布《もうふ》とのほかに、小《ちい》さな桶《おけ》と鍋《なべ》とを持《も》っていて、自分《じぶん》でご飯《はん》を焚《た》いて食《た》べるのでした。

辺鄙《へんぴ》…都《みやこ》からはなれた不便《ふべん》な。片田舎《かたいなか》の。

三

さて、猿爺《さるじい》さんの猿《さる》が村《むら》へ物《もの》をもらいにきたとすれば、猿爺《さるじい》さんも村《むら》の近《ちか》くに来《き》てるにちがいありません。そして、猿爺《さるじい》さんはきっと病気《びょうき》かなんかで動《うご》けなくて、猿《さる》が一人《ひとり》でやってくるのにちがいありません。

「このままほったらかしてもおけまい」

そういって村《むら》の人《ひと》たちは、猿爺《さるじい》さんのいどころを探《さが》し始《はじ》めました。けれどもなかなか見《み》つかりませんでした。それにまた猿《さる》の方《ほう》でも、風呂敷《ふろしき》にいっぱい米《こめ》と野菜《やさい》とをもらっていったためか、それきり姿《すがた》を見《み》せませんでした。

「困《こま》ったものだな」と村人《むらびと》たちはいいました。

そして、中一日《なかいちにち》おいた次《つぎ》の日《ひ》の夕方《ゆうがた》です。村《むら》の若者《わかもの》が一人《ひとり》、やはり猿《さる》爺《じい》さんのいどころを探《さが》しあぐんで、村《むら》から半里《はんり》ばかりある丘《おか》のふもとを

探《さが》しあぐんで…なかなか探《さが》すことができずいやになって。あぐんではあぐねての音便《おんびん》。
半里《はんり》…里《り》は距離《きょり》の単位《たんい》。１里《り》は3.93キロメートル。約《やく》1.97キロメートル。

通《とお》っていますと、どこからか、キンショキショキ、キンショキショキ……という気持《きも》ちのいい音《おと》が聞《き》こえてきました。

「おや」

若者《わかもの》はびっくりして立《た》ち止《ど》まりました。するとやはり、キンショキショキ、キンショキショキ……と、今《いま》まで聞《き》いたこともない不思議《ふしぎ》な音《おと》がひびいてきます。若者《わかもの》はその音《おと》に聞《き》きほれて、ぼんやりその方《ほう》へ進《すす》んでゆきますと、まあどうでしょう。

丘《おか》のふもとの、こんもりと杉《すぎ》の木《き》が五六本《ごろっぽん》しげってるところに、美《うつく》しい水《みず》がふつふつとわき出《だ》しています。そしてそのそばで、赤《あか》い布《きれ》と鈴《すず》とをつけた大《おお》きな猿《さる》が、桶《おけ》でせっせと米《こめ》をといでいます。その音《おと》が、キンショキショキ、キンショキショキ……と、不思議《ふしぎ》な音楽《おんがく》のようにひびいています。なおよく見《み》ると、杉《すぎ》の木《き》の下《した》には、髪《かみ》の毛《け》も髭《ひげ》もまっ白《しろ》な爺《じい》さんが、毛布《もうふ》にくるまってござの上《うえ》に寝《ね》ています。

若者《わかもの》は呆気《あっけ》にとられましたが、やがて我《われ》に返《かえ》ってみると、それこそまさしく、老人《ろうじん》たちから聞《き》いた猿爺《さるじい》さんとその猿《さる》とにちがいありませんでした。

「そうだ、そうだ」

若者《わかもの》はうれしくなって、爺《じい》さんのところへ走《はし》ってゆきました。

「猿爺《さるじい》さんじゃありませんか」

爺《じい》さんは、にっこり笑《わら》って若者《わかもの》を迎《むか》えました。

「とうとう見《み》つかったかな。……猿《さる》めがあんたの村《むら》でいかいお世話《せわ》になったそうで……」

そこで若者《わかもの》は、村中大騒《むらじゅうおおさわ》ぎをして爺《じい》さんを探《さが》してることや、病気《びょうき》なら村《むら》に来《き》て養生《ようじょう》するがいいということなどを、熱心《ねっしん》にいいたてました。

爺《じい》さんは頭《あたま》をふって答《こた》えました。

「いや、このうえあんたの村《むら》の人《ひと》たちに世話《せわ》をかけてはすまん。それに、

いかい…えらいの方言《ほうげん》。たいへんに。
養生《ようじょう》…病気《びょうき》の治療《ちりょう》をすること。

ここにこうして寝《ね》ている方《ほう》が、結局《けっきょく》わしには気楽《きらく》だからのう。……まあちょっと、あの泉《いずみ》の水《みず》を飲《の》んでみなされ」

そこで若者《わかもの》は、何《なん》の気《き》もなく泉《いずみ》の水《みず》を一《ひと》すくいして飲《の》んでみますと、びっくりして眼《め》を白黒《しろくろ》させました。おいしいのなんのって、蜜《みつ》と氷砂糖《こおりざとう》と雪《ゆき》とをまぜたようなたまらない味《あじ》でした。

「わしがここまで来《き》かかるとな」と爺《じい》さんは話《はな》してきかせました。

「急《きゅう》に病気《びょうき》で動《うご》けなくなってしまったのさ。そこで杉《すぎ》の木《き》の下《した》に寝《ね》たがのう、のどがかわいて仕方《しかた》ないから、猿《さる》めに水《みず》がほしいというとな、猿《さる》めがいきなりそこを掘《ほ》り始《はじ》めた。どうするのかと思《おも》っていたら、その掘《ほ》った穴《あな》から、あの通《とお》りうまい水《みず》がわき出《だ》してきた。これはわしの智慧《ちえ》にもおよばんことで、ほとほと感心《かんしん》させられましたわい。……そこで、わしはその水《みず》を飲《の》んでいくらか気持《きも》ちがよくなったがなあ、次《つぎ》にはお米《こめ》がないという始末《しまつ》なんさ。で猿《さる》めを一人《ひとり》であんたの村《むら》にやって、お米《こめ》や野《や》菜《さい》をもらってこさせたんだがなあ、おかげで助《たす》かりました。もうわしの病気《びょうき》もあらかたよくなったで、心配《しんぱい》してくださらんでもよい。そう村《むら》の衆《しゅう》へもいってくだされよ」

若者《わかもの》は爺《じい》さんの心《こころ》を動《うご》かすことができないのを見《み》てとって、村《むら》へ帰《かえ》ってゆきました。帰《かえ》るときにはもう猿《さる》は米《こめ》をといでしまって、それを鍋《なべ》に移《うつ》して焚火《たきび》で煮《に》ていました。そして若者《わかもの》の方《ほう》へ、真面目《まじめ》くさった顔《かお》つきでお辞儀《じぎ》をしました。

四

若者《わかもの》が猿爺《さるじい》さんに逢《あ》った話《はなし》をしますと、村《むら》の人《ひと》たちはなぜかしらひどく感心《かんしん》しました。そして翌朝《よくあさ》になると、なかば親切《しんせつ》から、なかばものめずらしさから、いろんなものを持《も》っていってやりました。米《こめ》や野菜《やさい》や布団《ふとん》などはもちろんのこと、病気《びょうき》に利《き》くという杜鵑《ほととぎす》の黒焼《くろや》きや鰻《うなぎ》の肝《きも》など、めいめい何《なに》かしら見舞《みま》いの品《しな》を持《も》っていきました。そして泉《いずみ》の水《みず》を一杯《ぱい》ずつ飲《の》ませてもらって、そのうまい味《あじ》におどろきました。夕方《ゆうがた》行《い》った者《もの》は、キンショキショキ、キンショキショキ……と猿《さる》が米《こめ》をとぐ美《うつく》しい音《おと》におどろきました。

そして猿爺《さるじい》さんの病気《びょうき》は、猿《さる》の介抱《かいほう》と村人《むらびと》たちの世話《せわ》とで、まもなくなおってしまいました。

病気《びょうき》がなおると、爺《じい》さんは猿《さる》を連《つ》れて村《むら》へお礼《れい》にきました。村《むら》の人《ひと》たちもたいへん喜《よろこ》びました。その晩《ばん》は、村《むら》の広場《ひろば》で酒盛《さかも》りをしました。村《むら》中《じゅう》の人《ひと》たちが寄《よ》り集《あつ》まって、歌《うた》うやらおどるやら大騒《おおさわ》ぎでした。猿爺《さるじい》さんも猿《さる》もまっ赤《か》に酔《よ》っぱらって、爺《じい》さんは他国《たこく》のへんてこな歌《うた》をうたい、それにつれて猿《さる》は頸《くび》の鈴《すず》をチリンチリン鳴《な》らしながら、おかしな踊《おど》りをしてみせました。子《こ》どもたちばかりでなく大人《おとな》までも、その面白《おもしろ》さに浮《う》かれさわぎました。

そのうちに、酒盛《さかも》りももう終《お》わりになって、夜《よ》が更《ふ》けてきましたから、村《むら》の人《ひと》たちは爺《じい》さんと猿《さる》とを、どこかの家《うち》へ泊《と》めようといいだしました。けれど爺《じい》さんは首《くび》をふって、その広場《ひろば》に野宿《のじゅく》するといってききません。

「家《うち》のなかよりは、広々《ひろびろ》とした野天《のてん》に寝《ね》る方《ほう》が気楽《きらく》でよいからのう」と爺《じい》さんはいいました。「それから、村《むら》の衆《しゅう》へお礼《れい》のしるしに、あの丘《おか》のふもとのうまい泉《いずみ》はあのまま残《のこ》しておいてあげるから、大事《だいじ》にしてくだされよ」

「ありがとう。……ではまた明日逢《あしたあ》いましょう」

そういって村人《むらびと》たちは、一人《ひとり》ずつ、爺《じい》さんと猿《さる》とに別《わか》れを告《つ》げて、家《うち》のなかへ引《ひ》き取《と》りました。

そして翌朝早《よくあさはや》く、村人《むらびと》たちはまた広場《ひろば》へやってきました。ところがもう爺《じい》さんと猿《さる》とは、影《かげ》も形《かたち》も見《み》えませんでした。夜《よ》の明《あ》けないうちにど

野天《のてん》…屋根《やね》のない場所《ばしょ》。屋外《おくがい》。

こかへ出《で》かけてしまったのでした。名残《なご》り惜《お》しいけれど仕方《しかた》がありませんので、村人《むらびと》たちはせめてもの心《こころ》やりに、丘《おか》のふもとへ行《い》ってみました。するとやはり猿爺《さるじい》さんが約束《やくそく》した通《とお》りに、澄《す》みきった冷《つめ》たい水《みず》がわき出《だ》していて、蜜《みつ》と氷《こおり》砂糖《ざとう》と雪《ゆき》とをまぜたような、何《なん》ともいえないおいしい味《あじ》でした。

それからというものは、村《むら》の人《ひと》たちはそれをわざわざくみにいったり、野良《のら》の行《い》き帰《かえ》りにまわり道《みち》をして飲《の》みにいったりしました。泉《いずみ》のおいしい水《みず》は、いつもふつふつとわき出《だ》していました。静《しず》かな日《ひ》の夕方《ゆうがた》なんかには、キンショキショキ、キンショキショキ……と、美《うつく》しい音《おと》がどこともなくその辺《へん》に聞《き》こえたそうです。

熊《くま》さんは朝晩《あさばん》その草《くさ》の芽《め》に水《みず》をやることを忘《わす》れませんでした。

日輪草《ひまわりそう》

竹久夢二《たけひさゆめじ》

竹久夢二《たけひさゆめじ》　一八八四—一九三四

独特《どくとく》の憂《うれ》いをふくんだ、目《め》の大《おお》きな美人画《びじんが》で一世《いっせい》を風靡《ふうび》した作者《さくしゃ》は、また詩人《しじん》でもあり、「まてどくらせどこぬひとを／宵待草《よいまちぐさ》のやるせなさ。／こよいは月《つき》もでぬそうな」の愛唱歌《あいしょうか》でも有名《ゆうめい》です。童謡《どうよう》や童話《どうわ》にも関心《かんしん》が高《たか》く、多数《たすう》の作品《さくひん》を残《のこ》しました。本作《ほんさく》を収《おさ》めた『童話集《どうわしゅう》　春《はる》』の序文《じょぶん》で、「『日輪草《ひまわりそう》』の熊《くま》さんもわたしの姿《すがた》にちがいありません」と述《の》べていますが、庶民《しょみん》の純粋《じゅんすい》でいつわりのない愛《あい》の形《かたち》を、一編《いっぺん》の童話《どうわ》にこめたのでしょうか。

三宅坂《みやけざか》の水揚《みずあ》げポンプのわきに、一本《ぽん》の日輪草《ひまわりそう》がさいていました。

「こんなところに日輪草《ひまわりそう》がさくとは、不思議《ふしぎ》じゃあありませんか」

そこを通《とお》る人《ひと》たちは、寺内将軍《てらうちしょうぐん》の銅像《どうぞう》には気《き》がつかない人《ひと》でさえ、きっとこの花《はな》を見《み》つけて、そういいあいました。

熊吉《くまきち》という水《みず》まき人夫《にんぷ》がありました。お役所《やくしょ》の紋《もん》のついた青《あお》い水《みず》まき車《ぐるま》を引《ひ》っ張《ぱ》って、毎日半蔵門《まいにちはんぞうもん》の方《ほう》から永田町《ながたちょう》へかけて、水《みず》をまいて歩《ある》くのが、熊《くま》さんの仕事《しごと》でした。

熊《くま》さんがこうして、毎日水《まいにちみず》をまいてくれるから、この街筋《まちすじ》の家《いえ》では安《あん》心《しん》して、風《かぜ》を入《い》れるために、障子《しょうじ》をあけることもできるし、学校《がっこう》の生徒《せいと》たちも、窓《まど》をあけておいてお弁当《べんとう》を食《た》べることができるのでした。

熊《くま》さんは、情《なさ》け深《ぶか》い男《おとこ》でしたから、道《みち》のそばの草《くさ》一本《ぽん》にも気《き》をつけて、いたわるたちでした。

熊《くま》さんはあるとき、自分《じぶん》の仕事場《しごとば》の三宅坂《みやけざか》の水揚《みずあ》げポンプのそばに、

水揚《みずあ》げポンプ…水《みず》まき用《よう》のために各所《かくしょ》の井戸《いど》に設置《せっち》されたポンプ。
寺内将軍《てらうちしょうぐん》…軍人《ぐんじん》（陸軍大将《りくぐんたいしょう》）・政治家《せいじか》（首相《しゅしょう》）だった寺内正毅《てらうちまさたけ》のこと。
水《みず》まき人夫《にんぷ》…水《みず》まき車《ぐるま》（リヤカー）をひいて、水《みず》をまくのが仕事《しごと》の人《ひと》。

一本《ぽん》の草《くさ》の芽《め》が生《は》えたのを見《み》つけました。熊《くま》さんは朝晩《あさばん》その草《くさ》の芽《め》に水《みず》をやることを忘《わす》れませんでした。可愛《かあい》い芽《め》は一日一日《いちにちいちにち》と育《そだ》ってゆきました。青《あお》い丸爪《まるづめ》のような葉《は》が、日光《にっこう》のなかへ手《て》をひろげたのは、それから間《ま》もないことでした。風《かぜ》が吹《ふ》いても、たおれないように、熊《くま》さんは、竹《たけ》の棒《ぼう》をたててやりました。

だが、それがどんな植物《しょくぶつ》なのか、熊《くま》さんにはてんで見当《けんとう》がつきませんでした。円《まる》い葉《は》のつぎに三角《さんかく》の葉《は》が出《で》て、やがて茎《くき》のはしに、触角《しょっかく》のあるつぼみを持《も》ちはじめました。

「や、おかしな花《はな》だぞ、これは、つぼみに角《つの》が生《は》えてら」

つぎの日《ひ》、熊《くま》さんが、三回目《かいめ》の水《みず》を揚《あ》げたポンプのところへやってくるとその草《くさ》は、素晴《すば》らしい黄《き》いろい花《はな》をさかせて、太陽《たいよう》の方《ほう》へはればれと向《む》いているのでした。熊《くま》さんは、感心《かんしん》してその見事《みごと》な花《はな》をながめました。熊《くま》さんは、電車道《でんしゃみち》に立《た》っている電車《でんしゃ》のポイントマンを連《つ》れてきて、

ポイントマン…電車《でんしゃ》の転轍機《てんてつき》(ポイントの切替機《きりかえき》)を操作《そうさ》する人《ひと》。

その花《はな》を見《み》せました。

「え、どうです」

「なるほどね」　ポイントマンも感心《かんしん》しました。

「だが、なんという花《はな》だろうね、車掌《しゃしょう》さん」　熊《くま》さんはききました。

「日輪草《ひまわりそう》さ」　車掌《しゃしょう》さんが教《おし》えました。

「ほう、日輪草《ひまわりそう》というだね」

「この花《はな》は、日盛《ひざか》りにさいて、太陽《たいよう》が歩《ある》く方《ほう》へついてまわるから日輪草《ひまわりそう》っていうのさ」

　熊《くま》さんはもううれしくてたまりませんでした。熊《くま》さんは、永田町《ながたちょう》の方《ほう》へ水《みず》を運《はこ》んでいっても、早《はや》く日輪草《ひまわりそう》を見《み》たいものだから、水《みず》まき車《ぐるま》の綱《つな》をぐんぐん引《ひ》いて、早《はや》く水《みず》をあけて、三宅坂《みやけざか》へ少《すこ》しでも早《はや》く帰《かえ》るようにしました。だから熊《くま》さんの水《みず》まき車《ぐるま》の通《とお》ったあとは、いくら暑《あつ》い日《ひ》でも涼《すず》しくて、どんな風《かぜ》の強《つよ》い日《ひ》でも、ほこり一《ひと》ツ立《た》ちませんでした。

太陽《たいよう》が清水谷公園《しみずだにこうえん》の森《もり》の向《む》こうへしずんでしまうと、熊《くま》さんの日輪草《ひまわりそう》も、つぼみました。

「さあ晩《ばん》めしの水《みず》をやるぞい。おやお前《まえ》さんはもう眠《ねむ》いんだね」

熊《くま》さんはそういって、首《くび》をたれて寝《ね》ている花《はな》をしばらくながめました。時《とき》によると、日《ひ》が暮《く》れてずっと暗《くら》くなるまで、じっと日輪草《ひまわりそう》をながめていることがありました。

熊《くま》さんのお内儀《かみ》さんは、馬鹿正直《ばかしょうじき》なかわりに疑《うたが》い深《ぶか》いたちでした。このごろ熊《くま》さんの帰《かえ》りがおそいのに腹《はら》をたてていました。

「お前《まえ》さんは今《いま》までどこをうろついていたんだよ。いま何時《なんじ》だと思《おも》っているんだい」

「見《み》ねえな、ほら八時《じ》よ」

「なんだって、まああきれてものがいえないよ、この人《ひと》は、いったいこんなにおそくまでどこにいたんだよ」

「三宅坂《みやけざか》よ」

「三宅坂《みやけざか》だって！　うそをいったら承知《しょうち》しないよ。さ、どこにいたんだよ、だれといたんだよ」

「ひめゆりよ」

「ひめゆり⁉」

熊《くま》さんは、日輪草《ひまわりそう》のことを、ひめゆりと覚《おぼ》えていたので、その通《とお》り内儀《かみ》さんにいいました。それがそもそも事《こと》の起《お》こりで、熊《くま》さんよりも、力《ちから》の強《つよ》いお内儀《かみ》さんは、熊《くま》さんを腰《こし》の立《た》たないまでなぐりつけました。

「草《くさ》だよ、草《くさ》だよ」

熊《くま》さんがいくらいいわけをしても、お内儀《かみ》さんは、ゆるすことができませんでした。

翌日《あくるひ》はいい天気《てんき》で、太陽《たいよう》は忘《わす》れないで、三宅坂《みやけざか》の日輪草《ひまわりそう》にも、光《ひかり》と熱《ねつ》とをおくりました。日輪草《ひまわりそう》は眼《め》をさましましたが、どうしたことか、今日《きょう》は熊《くま》さんがやって来《き》ません。十時《じ》になっても、十二時《じ》が過《す》ぎても、朝《あさ》のご馳走《ちそう》にありつけませんでした。日輪草《ひまわりそう》は、太陽《たいよう》の方《ほう》へ顔《かお》をあげている元気《げんき》がなくなって、だんだん首《くび》をたれて、とうとうその晩《ばん》のうちに枯《か》れてしまいました。

ああまったくたれがかしこくたれがかしこくないかはわかりません。

虔十公園林《けんじゅうこうえんりん》

宮沢賢治《みやざわけんじ》

宮沢賢治《みやざわけんじ》　一八九六―一九三三

作者《さくしゃ》の有名《ゆうめい》な詩《し》『雨《アメ》ニモマケズ』のなかに、「ミンナニデクノボートヨバレ」という一節《いっせつ》があります。作者《さくしゃ》が理想《りそう》とした「デクノボー」の一《ひと》つの形《かたち》が、本作《ほんさく》の主人公《しゅじんこう》「虔十《けんじゅう》」ではないでしょうか。虔《けん》は「つつしむ」の意味《いみ》ですが、十《じゅう》はこの物語《ものがたり》でもふれられる「十力《じゅうりき》」(仏《ほとけ》のもつ十《とお》の力《ちから》)であるように思《おも》われます。「雨《あめ》が降《ふ》ってはすきとおる冷《つめ》たいしずくをみじかい草《くさ》にポタリポタリと落《お》とす」美《うつく》しい杉林《すぎばやし》を、思《おも》い描《えが》いてみてください。

虔十《けんじゅう》はいつも縄《なわ》の帯《おび》をしめてわらって杜《もり》のなかや畑《はたけ》の間《あいだ》をゆっくりあるいているのでした。

雨《あめ》のなかの青《あお》い藪《やぶ》を見《み》てはよろこんで目《め》をパチパチさせ青《あお》ぞらをどこまでも翔《か》けていく鷹《たか》を見《み》つけてははねあがって手《て》をたたいてみんなに知《し》らせました。

けれどもあんまり子《こ》どもらが虔十《けんじゅう》をばかにして笑《わら》うものですから虔十《けんじゅう》はだんだん笑《わら》わないふりをするようになりました。

風《かぜ》がどうと吹《ふ》いてぶなの葉《は》がチラチラ光《ひか》るときなどは虔十《けんじゅう》はもううれしくてうれしくてひとりでに笑《わら》えて仕方《しかた》ないのを、無理《むり》やり大《おお》きく口《くち》をあき、はあはあ息《いき》だけついてごまかしながらいつまでもいつまでもそのぶなの木《き》を見上《みあ》げて立《た》っているのでした。

時《とき》にはその大《おお》きくあいた口《くち》の横《よこ》わきをさもかゆいようなふりをして指《ゆび》でこすりながらはあはあ息《いき》だけで笑《わら》いました。

杜《もり》…森《もり》に同《おな》じ。

なるほど遠《とお》くから見《み》ると虔十《けんじゅう》は口《くち》の横《よこ》わきをかいているかあるいはあくびでもしているかのように見《み》えましたが近《ちか》くではもちろん笑《わら》っている息《いき》の音《おと》も聞《き》こえましたし唇《くちびる》がピクピク動《うご》いているのもわかりましたから子《こ》どもらはやっぱりそれもばかにして笑《わら》いました。

おっかさんにいいつけられると虔十《けんじゅう》は水《みず》を五百杯《ひゃっぱい》でもくみました。一日《いちにち》いっぱい畑《はたけ》の草《くさ》もとりました。けれども虔十《けんじゅう》のおっかさんもおとうさんもなかなかそんなことを虔十《けんじゅう》にいいつけようとはしませんでした。

さて、虔十《けんじゅう》の家《いえ》のうしろにちょうど大《おお》きな運動場《うんどうじょう》ぐらいの野原《のはら》がまだ畑《はたけ》にならないで残《のこ》っていました。

ある年《とし》、山《やま》がまだ雪《ゆき》でまっ白《しろ》く野原《のはら》には新《あたら》しい草《くさ》も芽《め》を出《だ》さないとき、虔十《けんじゅう》はいきなり田打《たう》ちをしていた家《いえ》の人《ひと》たちの前《まえ》に走《はし》ってきていいました。

「お母《があ》、おらさ杉苗《すぎなえ》七百本《ひゃっぽん》、買《か》ってけろ」

田打《たう》ち…初春《しょしゅん》に、耕作《こうさく》がしやすくなるよう田《た》を掘《ほ》りかえすこと。

虔十《けんじゅう》のおっかさんはきらきらの三本鍬《さんぼんぐわ》を動《うご》かすのをやめてじっと虔十《けんじゅう》の顔《かお》を見《み》ていいました。

「杉苗《すぎなえ》七百《ひゃく》ど、どごさ植《う》えらぃ」

「家《いえ》のうしろの野原《のはら》さ」

そのとき虔十《けんじゅう》の兄《にい》さんがいいました。

「虔十《けんじゅう》、あそごは杉《すぎ》植《う》えでも成長《おが》らなぃところだ。それより少《すこ》し田《た》でも打《う》って助《す》けろ」

虔十《けんじゅう》はきまり悪《わる》そうにもじもじして下《した》を向《む》いてしまいました。

すると虔十《けんじゅう》のお父《とう》さんが向《む》こうで汗《あせ》をふきながらからだをのばして、

「買《か》ってやれ、買《か》ってやれ。虔十《けんじゅう》ぁ今《いま》まで何一《なにひと》つだてたのんだごとぁないがったもの。買《か》ってやれ」

といいましたので虔十《けんじゅう》のお母《かあ》さんも安心《あんしん》したように笑《わら》いました。

虔十《けんじゅう》はまるでよろこんですぐにまっすぐに家《いえ》の方《ほう》へ走《はし》りました。

三本鍬《さんぼんぐわ》…鍬《くわ》の一種《いっしゅ》。頭部《とうぶ》が三本《ぼん》にとがったもので、田打《たう》ちや畝打《うねう》ちなどに使用《しよう》された。今《いま》の時代《じだい》はすべて機械作業《きかいさぎょう》だが、当時《とうじ》の農家《のうか》にはどこの家《いえ》にも、使用目的《しようもくてき》によって使《つか》い分《わ》ける鍬《くわ》が四、五種類《しゅるい》、常備《じょうび》されていた。

そして納屋《なや》から唐鍬《とうくわ》を持《も》ち出《だ》してぽくりぽくりと芝《しば》を起《お》こして杉苗《すぎなえ》を植《う》える穴《あな》をほりはじめました。

虔十《けんじゅう》の兄《にい》さんがあとを追《お》ってきてそれを見《み》ていいました。

「虔十《けんじゅう》、杉《すぎ》ぁ植《う》えるとき、ほらないばわがないんだじゃ。明日《あす》まで待《ま》て。おれ、苗買《なえか》ってきてやるがら」

虔十《けんじゅう》はきまり悪《わる》そうに鍬《くわ》を置《お》きました。

次《つぎ》の日《ひ》、空《そら》はよく晴《は》れて山《やま》の雪《ゆき》はまっ白《しろ》に光《ひか》りひばりは高《たか》く高《たか》くのぼってチーチクチーチクやりました。そして虔十《けんじゅう》はまるでこらえきれないようににこにこ笑《わら》って兄《にい》さんに教《おし》えられたように今度《こんど》は北《きた》の方《ほう》の堺《さかい》から杉苗《すぎなえ》の穴《あな》をほりはじめました。実《じっ》にまっすぐに実《じっ》に間隔正《かんかくただ》しくそれをほったのでした。虔十《けんじゅう》の兄《にい》さんがそこへ一本《ぽん》ずつ苗《なえ》を植《う》えていきました。

そのとき野原《のはら》の北側《きたがわ》に畑《はたけ》をもっている平二《へいじ》がきせるをくわいてふところ手《で》をして寒《さむ》そうに肩《かた》をすぼめてやって来《き》ました。平二《へいじ》は百姓《ひゃくしょう》も少《すこ》しは

唐鍬《とうくわ》…鍬《くわ》の一種《いっしゅ》。頭部《とうぶ》を全部鉄《ぜんぶてつ》で扁平《へんぺい》に造《つく》り、木《き》の柄《え》をはめたごく一般的《いっぱんてき》なもの。開墾《かいこん》や根切《ねぎ》りなどに使用《しよう》された。

していましたが実《じつ》はもっと別《べつ》の、人《ひと》にいやがられるようなことも仕事《しごと》にしていました。平二《へいじ》は虔十《けんじゅう》にいいました。

「やい。虔十《けんじゅう》、ここさ杉《すぎ》植《う》えるなんてやっぱり馬鹿《ばか》だな。第一《だいいち》おらの畑《はたけ》あ日影《ひかげ》にならな」

虔十《けんじゅう》は顔《かお》を赤《あか》くして何《なに》かいいたそうにしましたがいえないでもじもじしました。

すると虔十《けんじゅう》の兄《にい》さんが、

「平二《へいじ》さん、お早《はよ》うがす」といって向《む》こうに立《た》ちあがりましたので平二《へいじ》はぶつぶついいながらまたのっそりと向《む》こうへ行《い》ってしまいました。

その芝原《しばはら》へ杉《すぎ》を植《う》えることを嘲笑《わら》ったものは決《けっ》して平二《へいじ》だけではありませんでした。あんなところに杉《すぎ》など育《そだ》つものでもない、底《そこ》はかたい粘《ねん》土《ど》なんだ、やっぱり馬鹿《ばか》は馬鹿《ばか》だとみんながいっておりました。

それはまったくその通《とお》りでした。杉《すぎ》は五年《ねん》までは緑《みどり》いろの心《しん》がまっすぐに空《そら》の方《ほう》へのびていきましたがもうそれからはだんだん頭《あたま》が円《まる》く変《か》わって七年目《ねんめ》も八年目《ねんめ》もやっぱり丈《たけ》が九尺《しゃく》ぐらいでした。

ある朝《あさ》虔十《けんじゅう》が林《はやし》の前《まえ》に立《た》っていますとひとりの百姓《ひゃくしょう》が冗談《じょうだん》にいいました。

「おおい、虔十《けんじゅう》。あの杉《すぎ》ぁ枝打《えだう》ぢさなぃのか」

「枝打《えだう》ぢていうのは何《なん》だぃ」

「枝打《えだう》ぢつのは下《した》の方《ほう》の枝《えだ》山刀《なた》で落《お》とすのさ」

「おらも枝打《えだう》ぢするべがな」

虔十《けんじゅう》は走《はし》っていって山刀《なた》を持《も》ってきました。

そして片《かた》っぱしからぱちぱち杉《すぎ》の下枝《したえだ》をはらいはじめました。ところがただ九尺《しゃく》の杉《すぎ》ですから虔十《けんじゅう》は少《すこ》しからだをまげて杉《すぎ》の木《き》の下《した》にくぐらなければなりませんでした。

夕方《ゆうがた》になったときはどの木《き》も上《うえ》の方《ほう》の枝《えだ》をただ三四本《さんよんほん》ぐらいずつ残《のこ》し

九尺《しゃく》…尺《しゃく》は長《なが》さの単位《たんい》。1尺《しゃく》は約《やく》30.3センチメートル。約《やく》2.73メートル。
山刀《なた》…刃《は》が幅広《はばひろ》く、厚《あつ》く短《みじか》い刃物《はもの》で、枝《えだ》をはらったり、薪《まき》をわったりするのに使用《しよう》される。

てあとはすっかりはらい落《お》とされていました。

濃《こ》い緑《みどり》いろの枝《えだ》はいちめんに下草《したくさ》を埋《う》めその小《ちい》さな林《はやし》はあかるくがらんとなってしまいました。

虔十《けんじゅう》は一《いっ》ぺんにあんまりがらんとなったのでなんだか気持《きも》ちが悪《わる》くて胸《むね》が痛《いた》いように思《おも》いました。

そこへちょうど虔十《けんじゅう》の兄《にい》さんが畑《はたけ》から帰《かえ》ってやって来《き》ましたが林《はやし》を見《み》て思《おも》わず笑《わら》いました。そしてぼんやり立《た》っている虔十《けんじゅう》にきげんよくいいました。

「おう、枝集《えだあつ》めべ、いい焚《た》ぎものうんとできだ。林《はやし》も立派《りっぱ》になったな」

そこで虔十《けんじゅう》もやっと安心《あんしん》して兄《にい》さんといっしょに杉《すぎ》の木《き》の下《した》にくぐって落《お》とした枝《えだ》をすっかり集《あつ》めました。

下草《したくさ》はみじかくてきれいでまるで仙人《せんにん》たちが碁《ご》でもうつところのように見《み》えました。

ところが次《つぎ》の日虔十《ひけんじゅう》は納屋《なや》で虫喰《むしく》い大豆《まめ》を拾《ひろ》っていましたら林《はやし》の方《ほう》でそれはそれは大騒《おおさわ》ぎが聞《き》こえました。

あっちでもこっちでも号令《ごうれい》をかける声《こえ》ラッパのまね、足《あし》ぶみの音《おと》それからまるでそこら中《じゅう》の鳥《とり》も飛《と》びあがるようなどっと起《お》こるわらい声《ごえ》、虔《けん》十《じゅう》はびっくりしてそっちへ行《い》ってみました。

するとおどろいたことは学校帰《がっこうがえ》りの子《こ》どもらが五十人《にん》も集《あつ》まって一列《れつ》になって歩調《ほちょう》をそろえてその杉《すぎ》の木《き》の間《あいだ》を行進《こうしん》しているのでした。

まったく杉《すぎ》の列《れつ》はどこを通《とお》っても並木道《なみきみち》のようでした。それに青《あお》い服《ふく》を着《き》たような杉《すぎ》の木《き》の方《ほう》も列《れつ》を組《く》んであるいているように見《み》えるのですから子《こ》どもらのよろこび加減《かげん》といったらとてもありません、みんな顔《かお》をまっ赤《か》にしてもずのようにさけんで杉《すぎ》の列《れつ》の間《あいだ》を歩《ある》いているのでした。

その杉《すぎ》の列《れつ》には、東京街道《とうきょうかいどう》ロシヤ街道《かいどう》それから西洋街道《せいようかいどう》というようにずんずん名前《なまえ》がついていきました。

虔十《けんじゅう》もよろこんで杉《すぎ》のこっちにかくれながら口《くち》を大《おお》きくあいてはあはあ笑《わら》いました。

それからはもう毎日毎日《まいにちまいにち》子《こ》どもらが集《あつ》まりました。

ただ子《こ》どもらの来《こ》ないのは雨《あめ》の日《ひ》でした。

その日《ひ》はまっ白《しろ》なやわらかな空《そら》からあめのさらさらと降《ふ》るなかで虔十《けんじゅう》がただ一人《ひとり》からだ中《じゅう》ずぶぬれになって林《はやし》の外《そと》に立《た》っていました。

「虔十《けんじゅう》さん。今日《きょう》も林《はやし》の立《た》ち番《ばん》だなす」

簑《みの》を着《き》て通《とお》りかかる人《ひと》が笑《わら》っていいました。その杉《すぎ》には鳶色《とびいろ》の実《み》がなり立派《りっぱ》な緑《みどり》の枝《えだ》さきからはすきとおったつめたい雨《あめ》のしずくがポタリポタリと垂《た》れました。虔十《けんじゅう》は口《くち》を大《おお》きくあけてはあはあ息《いき》をつきからだからは雨《あめ》のなかに湯気《ゆげ》を立《た》てながらいつまでもいつまでもそこに立《た》っているのでした。

ところがある霧《きり》のふかい朝《あさ》でした。

簑《みの》…萱《かや》やわらなどで編《あ》んで作《つく》った雨具《あまぐ》。

　虔十《けんじゅう》は萱場《かやば》で平二《へいじ》といきなり行《い》き会《あ》いました。

　平二《へいじ》はまわりをよく見《み》まわしてからまるで狼《おおかみ》のようないやな顔《かお》をしてどなりました。

「虔十《けんじゅう》、貴《き》さんどごの杉伐《すぎき》れ」

「何《な》してな」

「おらの畑《はたけ》ぁ日《ひ》かげにならな」

　虔十《けんじゅう》はだまって下《した》を向《む》きました。平二《へいじ》の畑《はたけ》が日《ひ》かげになるといったって杉《すぎ》の影《かげ》がたかで五寸《すん》もはいってはいなかったのです。おまけに杉《すぎ》はとにかく南《みなみ》から来《く》る強《つよ》い風《かぜ》を防《ふせ》いでいるのでした。

「伐《き》れ、伐《き》れ。伐《き》らないが」

「伐《き》らない」　虔十《けんじゅう》が顔《かお》をあげて少《すこ》しこわそうにいいました。その唇《くちびる》はいまにも泣《な》きだしそうにひきつっていました。実《じつ》にこれが虔十《けんじゅう》の一生《いっしょう》の間《あいだ》のたった一《ひと》つの人《ひと》に対《たい》する逆《さか》らいの言《ことば》だったのです。


萱場《かやば》…屋根《やね》をふく萱《かや》や、家畜《かちく》のえさとなる草《くさ》を刈《か》るところ。

五寸《すん》…寸《すん》は長《なが》さの単位《たんい》。１寸《すん》は約《やく》3.03センチメートル。約《やく》15.15センチメートル。

ところが平二《へいじ》は人《ひと》のいい虔十《けんじゅう》などにばかにされたと思《おも》ったので急《きゅう》におこりだして肩《かた》を張《は》ったと思《おも》うといきなり虔十《けんじゅう》のほおをなぐりつけました。どしりどしりとなぐりつけました。

虔十《けんじゅう》は手《て》をほおにあてながらだまってなぐられていましたがとうとうまわりがみんなまっ青《さお》に見《み》えてよろよろしてしまいました。すると平二《へいじ》も少《すこ》し気味《きみ》が悪《わる》くなったとみえて急《いそ》いで腕《うで》を組《く》んでのしりのしりと霧《きり》のなかへ歩《ある》いていってしまいました。

さて虔十《けんじゅう》はその秋《あき》チブスにかかって死《し》にました。平二《へいじ》もちょうどその十日《とおか》ばかり前《まえ》にやっぱりその病気《びょうき》で死《し》んでいました。

ところがそんなことにはいっこうかまわず林《はやし》にはやはり毎日毎日《まいにちまいにち》子《こ》どもらが集《あつ》まりました。

お話《はなし》はずんずん急《いそ》ぎます。

次《つぎ》の年《とし》その村《むら》に鉄道《てつどう》が通《とお》り虔十《けんじゅう》の家《いえ》から三町《ちょう》ばかり東《ひがし》の方《ほう》に停車場《ていしゃば》が

チブス…チフス。腸《ちょう》チフス（伝染病《でんせんびょう》の一種《いっしゅ》）のこと。

三町《ちょう》…町《ちょう》は距離《きょり》の単位《たんい》。丁《ちょう》に同《おな》じ。１町《ちょう》は約《やく》109メートル。約《やく》327メートル。

できました。あちこちに大《おお》きな瀬戸物《せともの》の工場《こうじょう》や製糸場《せいしじょう》ができました。そこらの畑《はたけ》や田《た》はずんずんつぶれて家《いえ》がたちました。いつかすっかり町《まち》になってしまったのです。そのなかに虔十《けんじゅう》の林《はやし》だけはどういうわけかそのまま残《のこ》っておりました。その杉《すぎ》もやっと一丈《じょう》ぐらい、子《こ》どもらは毎日毎日《まいにちまいにち》集《あつ》まりました。学校《がっこう》がすぐ近《ちか》くに建《た》っていましたから子《こ》どもらはその林《はやし》と林《はやし》の南《みなみ》の芝原《しばはら》とをいよいよ自分《じぶん》らの運動場《うんどうじょう》の続《つづ》きと思《おも》ってしまいました。

虔十《けんじゅう》のお父《とう》さんももうかみがまっ白《しろ》でした。まっ白《しろ》なはずです。虔十《けんじゅう》が死《し》んでから二十年近《ねんちか》くなるではありませんか。

ある日昔《ひむかし》のその村《むら》から出《で》て今《いま》アメリカのある大学《だいがく》の教授《きょうじゅ》になっている若《わか》い博士《はかせ》が十五年《ねん》ぶりで故郷《こきょう》へ帰《かえ》ってきました。

どこに昔《むかし》の畑《はたけ》や森《もり》のおもかげがあったでしょう。町《まち》の人《ひと》たちもたいていは新《あたら》しく外《ほか》から来《き》た人《ひと》たちでした。

一丈《じょう》…丈《じょう》は長《なが》さの単位《たんい》。尺《しゃく》の10倍《ばい》。1丈《じょう》は約《やく》3.3メートル。

それでもある日博士《はかせ》は小学校《しょうがっこう》からたのまれてその講堂《こうどう》でみんなに向《む》こうの国《くに》の話《はなし》をしました。

お話《はなし》がすんでから博士《はかせ》は校長《こうちょう》さんたちと運動場《うんどうじょう》に出《で》てそれからあの虔《けん》十《じゅう》の林《はやし》の方《ほう》へ行《い》きました。

すると若《わか》い博士《はかせ》はおどろいて何《なん》べんも眼鏡《めがね》を直《なお》していましたがとうとう半分《はんぶん》ひとりごとのようにいいました。

「ああ、ここはすっかりもとの通《とお》りだ。木《き》まですっかりもとの通《とお》りだ。木《き》はかえって小《ちい》さくなったようだ。みんなも遊《あそ》んでいる。ああ、あのなかにわたしやわたしの昔《むかし》の友《とも》だちがいないだろうか」

博士《はかせ》はにわかに気《き》がついたように笑《わら》い顔《がお》になって校長《こうちょう》さんにいいました。

「ここは今《いま》は学校《がっこう》の運動場《うんどうじょう》ですか」

「いいえ。ここはこの向《む》こうの家《いえ》の地面《じめん》なのですが家《いえ》の人《ひと》たちがいっこうかまわないで子《こ》どもらの集《あつ》まるままにしておくものですから、まるで学校《がっこう》の附属《ふぞく》の運動場《うんどうじょう》のようになってしまいましたが実《じつ》はそうではありません」

「それは不思議《ふしぎ》な方《かた》ですね、いったいどういうわけでしょう」

「ここが町《まち》になってからみんなで売《う》れ売《う》れと申《もう》したそうですが年《とし》よりの方《かた》がここは虔十《けんじゅう》のただ一《ひと》つのかたみだからいくら困《こま》っても、これをなくすることはどうしてもできないと答《こた》えるそうです」

「ああそうそう、ありました、ありました。その虔十《けんにゅう》という人《ひと》は少《すこ》し足《た》りないとわたしらは思《おも》っていたのです。いつでもはあはあ笑《わら》っている人《ひと》でした。毎日《まいにち》ちょうどこの辺《へん》に立《た》ってわたしらの遊《あそ》ぶのを見《み》ていたのです。この杉《すぎ》もみんなその人《ひと》が植《う》えたのだそうです。ああまったくたれがかしこくたれがかしこくないかはわかりません。ただどこまでも十力《じゅうりき》の作用《さよう》は不思議《ふしぎ》です。ここはもういつまでも子《こ》どもたちの美《うつく》しい公園地《こうえんち》で

十力《じゅうりき》…仏《ほとけ》が備《そな》えている10種類《しゅるい》の智力《ちりょく》。人間《にんげん》が持《も》つとされる智力《ちりょく》のすべてを代弁《だいべん》している。

す。どうでしょう。ここに虔十公園林《けんじゅうこうえんりん》と名《な》をつけていつまでもこの通《とお》り保存《ほぞん》するようにしては」

「これはまったくお考《かんが》えつきです。そうなれば子《こ》どもらもどんなにしあわせか知《し》れません」

さてみんなその通《とお》りになりました。

芝生《しばふ》のまん中《なか》、子《こ》どもらの林《はやし》の前《まえ》に、「虔十公園林《けんじゅうこうえんりん》」と彫《ほ》った青《あお》い橄欖岩《かんらんがん》の碑《ひ》が建《た》ちました。

昔《むかし》のその学校《がっこう》の生徒《せいと》、今《いま》はもう立派《りっぱ》な検事《けんじ》になったり将校《しょうこう》になったり海《うみ》の向《む》こうに小《ちい》さいながら農園《のうえん》をもったりしている人《ひと》たちからたくさんの手紙《てがみ》やお金《かね》が学校《がっこう》に集《あつ》まってきました。

虔十《けんじゅう》のうちの人《ひと》たちはほんとうによろこんで泣《な》きました。

まったくまったくこの公園林《こうえんりん》の杉《すぎ》の黒《くろ》い立派《りっぱ》な緑《みどり》、さわやかな匂《にお》い、夏《なつ》のすずしい陰《かげ》、月光色《げっこういろ》の芝生《しばふ》がこれから何千人《なんぜんにん》の人《ひと》たちにほんとうの

橄欖岩《かんらんがん》…火成岩《かせいがん》の一種《いっしゅ》。深成岩《しんせいがん》でガラス質《しつ》を含《ふく》まず、粗目《あらめ》だがすべて結晶《けっしょう》からなるので、石碑《せきひ》などに用《もち》いられる。

将校《しょうこう》…軍隊《ぐんたい》で、指導的上層部《しどうてきじょうそうぶ》を構成《こうせい》する士官《しかん》。官位《かんい》が少尉以上《しょういいじょう》の者《もの》の総称《そうしょう》。

さいわいが何《なん》だかを教《おし》えるか数《かぞ》えられませんでした。

そして林《はやし》は虔十《けんじゅう》のいたときの通《とお》り雨《あめ》が降《ふ》ってはすきとおる冷《つめ》たいしずくをみじかい草《くさ》にポタリポタリと落《お》としお日《ひ》さまがかがやいては新《あたら》しいきれいな空気《くうき》をさわやかにはき出《だ》すのでした。

座頭《ざとう》が利根川《とねがわ》の岸《きし》に立《た》っている。
——ただそれだけのことならば
格別《かくべつ》の問題《もんだい》にもならないかも知《し》れない。

利根《とね》の渡《わたし》

岡本綺堂《おかもときどう》

岡本綺堂《おかもときどう》　一八七二―一九三九

作者《さくしゃ》は、幾度《いくど》となく映画《えいが》やテレビドラマ化《か》されている「半七捕物帳《はんしちとりものちょう》」シリーズで有名《ゆうめい》な作家《さっか》ですが、優《すぐ》れた語学力《ごがくりょく》の持《も》ち主《ぬし》であり、江戸文化《えどぶんか》に対《たい》する深《ふか》い教養《きょうよう》をもっていました。「シャアロック・ホームズを一気《いっき》に三冊《さつ》読《よ》み終《お》えて、探偵物語《たんていものがたり》に対《たい》する興味《きょうみ》が油然《ゆうぜん》と沸《わ》き起《お》こった」といいますが、もちろん、作者《さくしゃ》は原書《げんしょ》で読破《どくは》しているのです。子《こ》どものころ、「外国《がいこく》から帰《かえ》った三番目《ばんめ》の叔父《おじ》に西洋《せいよう》のお化《ば》けの話《はなし》をせがんだ」ともいっています。

一

星崎《ほしざき》さんの話《はなし》のすむあいだに、また三四人《さんよにん》の客《きゃく》が来《き》たので座敷《ざしき》はほとんどいっぱいになった。星崎《ほしざき》さんを皮切《かわき》りにして、これらの人々《ひとびと》が代《か》わる代《が》わるに一席《いっせき》ずつの話《はなし》をすることになったのであるから、まったく怪談《かいだん》の惣仕《そうし》舞《まい》という形《かたち》である。もちろんそのなかには紋切形《もんきりがた》のものもあったが、なにか特色《とくしょく》のあるものだけをわたしはひそかに筆記《ひっき》しておいたので、これから順々《じゅんじゅん》にそれを紹介《しょうかい》したいと思《おも》う。しかし初対面《しょたいめん》の人《ひと》が多《おお》いので、一度《いちど》その名《な》を聞《き》かされただけでは、どの人《ひと》がだれであったやら判然《はっきり》しないのもある。またその話《はなし》の性質上《せいしつじょう》、談話者《だんわしゃ》の姓名《せいめい》を発表《はっぴょう》するのを遠慮《えんりょ》しなければならないような場合《ばあい》もあるので、皮切《かわき》りの星崎《ほしざき》さんは格別《かくべつ》、ほかの人々《ひとびと》の姓名《せいめい》はすべて省略《しょうりゃく》して、単《たん》に第《だい》二の男《おとこ》とか第《だい》三の女《おんな》とかいうことにしておきたい。

惣仕舞《そうしまい》…すべてを演《えん》じること。総仕《そうし》あげ。
紋切型《もんきりがた》…型《かた》どおりのやり方《かた》。形式《けいしき》どおりで新味《しんみ》のないこと。

そこで、第《だい》二の男《おとこ》は語《かた》る。

享保《きょうほう》の初年《しょねん》である。利根川《とねがわ》の向《む》こう河岸《がし》、江戸《えど》の方角《ほうがく》からいえば奥州《おうしゅう》寄《よ》りの岸《きし》のほとりに一人《ひとり》の座頭《ざとう》が立《た》っていた。坂東太郎《ばんどうたろう》という利根《とね》の大河《たいが》もここは船渡《ふなわた》しで、江戸時代《えどじだい》には房川《ぼうかわ》の渡《わた》しと呼《よ》んでいた。奥州街道《おうしゅうかいどう》と日光街《にっこうかい》道《どう》との要所《ようしょ》であるから、栗橋《くりはし》の宿《しゅく》には関所《せきしょ》がある。その関所《せきしょ》をすぎて川《かわ》を渡《わた》ると、むこう河岸《がし》は古河《こが》の町《まち》で、土井家《どいけ》八万石《まんごく》の城下《じょうか》として昔《むかし》から繁昌《はんじょう》している。かの座頭《ざとう》はその古河《こが》の方面《ほうめん》の岸《きし》に近《ちか》くたたずんでいるのであった。

座頭《ざとう》が利根川《とねがわ》の岸《きし》に立《た》っている。——ただそれだけのことならば格別《かくべつ》の問題《もんだい》にもならないかも知《し》れない。彼《かれ》は年《とし》のころ三十前後《ぜんご》で、顔色《かおいろ》の蒼黒《あおぐろ》い、口《くち》のすこしゆがんだ、痩《や》せ形《がた》の中背《ちゅうぜい》の男《おとこ》で、夏《なつ》でも冬《ふゆ》でも浅黄《あさぎ》の頭巾《ずきん》をかぶって、草鞋《わらじ》ばきの旅《たび》すがたをしているのであるが、朝《あさ》から晩《ばん》までこの渡《わた》し場《ば》に立《た》ち暮《く》らしているばかりで、かつて渡《わた》ろうとはしない。相手《あいて》が盲人《もうじん》であるから、船頭《せんどう》は渡《わた》し賃《ちん》を取《と》らずに渡《わた》してやろうといっても、彼《かれ》はさび

享保《きょうほう》…江戸時代中期《えどじだいちゅうき》の年号《ねんごう》。1716年《ねん》から1735年《ねん》までの期間《きかん》。

座頭《ざとう》…江戸時代《えどじだい》における盲人《もうじん》の階級《かいきゅう》のひとつ。転《てん》じて、はりやマッサージなどを職業《しょくぎょう》とする盲人《もうじん》のこと。

しく笑《わら》いながらだまって頭《あたま》をふるのである。それも一日《にち》や二日《ふつか》のことではなく、一年《ねん》、二年《ねん》、三年《ねん》、雨風《あめかぜ》をいとわず、暑寒《しょかん》をきらわず、彼《かれ》はいかなる日《ひ》でもかならずこの渡《わた》し場《ば》にその痩《や》せた姿《すがた》をあらわすのであった。

こうなると、船頭《せんどう》どもも見逃《みのが》すわけにはいかない。いったいなんのために毎日《まいにち》ここへ出《で》てくるのかとしばしば聞《き》きただしたが、座頭《ざとう》はやはりさびしく笑《わら》っているばかりで、さらに要領《ようりょう》を得《え》るような返事《へんじ》をあたえなかった。しかし彼《かれ》の目的《もくてき》は自然《しぜん》に覚《さと》られた。

奥州《おうしゅう》や日光《にっこう》の方面《ほうめん》から来《く》る旅人《たびびと》はここから渡《わた》し船《ぶね》に乗《の》ってゆく。江戸《えど》の方面《ほうめん》から来《く》る旅人《たびびと》は栗橋《くりはし》から渡《わた》し船《ぶね》に乗《の》りこんでここに着《つ》く。その乗《の》り降《お》りの旅人《たびびと》を座頭《ざとう》はいちいちに詮議《せんぎ》しているのである。

「もし、このなかに野村彦右衛門《のむらひこえもん》というお人《ひと》はおいでなされぬか」

野村彦右衛門《のむらひこえもん》――侍《さむらい》らしい苗字《みょうじ》であるが、そういう人《ひと》はかつて通《とお》り合《あ》わせないとみえて、どの人《ひと》もみな答《こた》えずに行《い》きすぎてしまうのである。それでも

詮議《せんぎ》…物事《ものごと》を明《あき》らかにすること。ここでは、人物《じんぶつ》を物色《ぶっしょく》すること。

座頭《ざとう》は毎日《まいにち》この渡《わた》し場《ば》にあらわれて、野村彦右衛門《のむらひこえもん》をたずねている。それが前《まえ》にもいう通《とお》り、幾年《いくとせ》という長《なが》い月日《つきひ》のあいだ一日《いちにち》もかかさないのであるから、だれでもその根気《こんき》のよいのにおどろかされずにはいられなかった。

「座頭《ざとう》さんは何《なん》でその人《ひと》をたずねるのだ」

こうした質問《しつもん》も船頭《せんどう》どもからしばしばくりかえされたが、彼《かれ》はただいつもの通《とお》り、笑《わら》っているばかりで、決《けっ》してその口《くち》を開《ひら》こうとはしなかった。彼《かれ》は元来無口《がんらいむくち》の男《おとこ》らしく、毎日《まいにち》この渡《わた》し場《ば》に立《た》ち暮《く》らしていながら、顔《かお》は見《み》えずとも声《こえ》だけはもう聞《き》き慣《な》れているはずの船頭《せんどう》どもに対《たい》しても、かつてなれなれしい詞《ことば》を出《だ》したことはなかった。こちらから何《なに》か話《はな》しかけても、彼《かれ》はだまって笑《わら》うかうなずくかで、なるべく他人《ひと》との応答《おうとう》をさけているようにもみえるので、船頭《せんどう》どもも後《のち》には馴《な》れてしまって、彼《かれ》に向《む》かって声《こえ》をかける者《もの》もない。彼《かれ》も結局《けっきょく》それを仕合《しあ》わせとしているらしく、毎日《まいにち》ただひとりでさびしくたたずんでいるのであった。

いったい彼《かれ》はどこに住《す》んで、どういう生活《せいかつ》をしているのかそれもわからない。どこから出《で》てきて、どこへ帰《かえ》るのか、わざわざそのあとをつけていった者《もの》もないので、だれにもよくわからなかった。ここの渡《わた》しは明《あ》け六《む》つに始《はじ》まって、ゆう七《なな》つに終《お》わる。彼《かれ》はそのあいだここに立《た》ち暮《く》らして、渡《わた》しの止《と》まるのを合図《あいず》にどこへか消《き》えるように立《た》ち去《さ》ってしまうのである。朝《あさ》から晩《ばん》までこうしていても、別《べつ》に弁当《べんとう》の用意《ようい》をして来《く》るらしくもみえない。渡《わた》し小屋《ごや》に寝起《ねお》きをしている平助《へいすけ》というじいさんがあまりに気《き》の毒《どく》に思《おも》って、あるとき大《おお》きい握《にぎ》り飯《めし》を二《ふた》つこしらえてやると、そのときばかりは彼《かれ》もたいそうよろこんでその一《ひと》つをうまそうに食《く》った。そうして、その礼《れい》だといって一文銭《もんせん》を平助《へいすけ》に出《だ》した。もとより礼《れい》をもらう料簡《りょうけん》もないので、平助《へいすけ》はいらないと断《ことわ》ったが、彼《かれ》は無理《むり》に押《お》しつけていった。それが例《れい》となって、平助《へいすけ》の小屋《こや》では毎日大《まいにちおお》きい握《にぎ》り飯《めし》を一《ひと》つこしらえてやると、彼《かれ》はきっと一文《もん》の銭《ぜに》を置《お》いていく。いくら物価《ぶっか》のやすい時代《じだい》でも、大《おお》きい握《にぎ》り飯《めし》ひとつの値《ね》が一

明《あ》け六《む》つ…明《あ》け方《がた》の六《む》つ時《どき》（卯《う》の刻《こく》）、今《いま》の午前《ごぜん》6時《じ》ごろ。
ゆう七《なな》つ…夕方《ゆうがた》の七《なな》つ時《どき》（申《さる》の刻《こく》）、今《いま》の午後《ごご》4時《じ》ごろ。
料簡《りょうけん》…ここでは所存《しょぞん》、つもりの意《い》。

文《もん》では引《ひ》き合《あ》わないわけであるが、平助《へいすけ》の方《ほう》では盲人《もうじん》に対《たい》する一種《いっしゅ》のほどこしと心得《こころえ》て、毎日《まいにち》こころよくその握《にぎ》り飯《めし》をこしらえてやるばかりでなく、湯《ゆ》も飲《の》ませてやる、炉《ろ》の火《ひ》にもあたらせてやる。こうした親切《しんせつ》が彼《かれ》の胸《むね》にもしみたと見《み》えて、ほかの者《もの》とはほとんど口《くち》をきかない彼《かれ》も、平助《へいすけ》じいさんだけにはいくぶんか打《う》ち解《と》けて暑《あつ》さ寒《さむ》さの挨拶《あいさつ》をすることもあった。

往来《おうらい》のはげしい街道《かいどう》であるから、渡《わた》し船《ぶね》は幾艘《いくそう》も出《で》る。しかしほかの船頭《せんどう》どもは夕方《ゆうがた》からみなめいめいの家《いえ》へ引《ひ》きあげてしまって、この小屋《こや》に寝泊《ねと》まりをしているのは平助《へいすけ》じいさんだけであるので、あるとき彼《かれ》は座頭《ざとう》にいった。

「お前《まえ》さんはどこから来《く》るのか知《し》らないが、眼《め》の不自由《ふじゆう》な身《み》で毎日《まいにち》往《い》ったり来《き》たりするのは難儀《なんぎ》だろう。いっそこの小屋《こや》に泊《と》まることにしたらどうだ。わたしのほかにはだれもいないのだから遠慮《えんりょ》することはない」

座頭《ざとう》はしばらく考《かんが》えた後《のち》に、それではここに泊《と》まらせてくれといった。

炉《ろ》…床《ゆか》の一部《いちぶ》を四角《しかく》に切《き》り取《と》って火《ひ》をおこし、ものを煮《に》たり、暖《だん》をとったりする装置《そうち》。いろり。

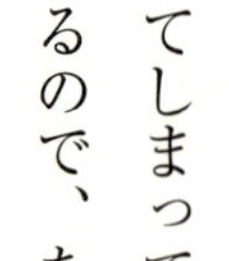

平助《へいすけ》はひとり者《もの》であるから、たとい盲《めくら》でも話相手《はなしあいて》のできたのを喜《よろこ》んで、その晩《ばん》から自分《じぶん》の小屋《こや》に泊《と》まらせて、できるだけの面倒《めんどう》をみてやることにした。こうして、利根《とね》の川端《かわばた》の渡《わた》し小屋《ごや》に、老《お》いたる船頭《せんどう》と身許不明《みもとふめい》の盲人《もうじん》とが、雨《あめ》のふる夜《よ》も風《かぜ》の吹《ふ》く夜《よ》もいっしょに寝起《ねお》きするようになって、ふたりの間《あいだ》はいよいよ打《う》ち解《と》けたわけであるが、とかくに無口《むくち》の座頭《ざとう》はあまり多《おお》くは語《かた》らなかった。もちろん、自分《じぶん》の来歴《らいれき》や目的《もくてき》については、かたく口《くち》を閉《と》じていた。平助《へいすけ》の方《ほう》でも無理《むり》に聞《き》き出《だ》そうともしなかった。しいてそれを詮議《せんぎ》すれば、彼《かれ》はきっとここを立《た》ち去《さ》ってしまうであろうと察《さっ》したからである。それでもただ一度《いちど》、なにかの夜話《やわ》のついでに、平助《へいすけ》は彼《かれ》にきいたことがあった。

「お前《まえ》さんは仇討《かたきう》ちかえ」

座頭《ざとう》はいつもの通《とお》りにさびしく笑《わら》って頭《あたま》をふった。その問題《もんだい》もそれぎりで消《き》えてしまった。

とかくに…とにかく。何《なん》にせよ。

平助《へいすけ》じいさんが彼《かれ》を引《ひ》き取《と》ったのは、盲人《もうじん》に対《たい》する同情《どうじょう》から出発《しゅっぱつ》していたには相違《そうい》なかったが、そのほかにいくぶんかの好奇心《こうきしん》もしのんでいたので、彼《かれ》は同宿者《どうしゅくしゃ》の行動《こうどう》に対《たい》してひそかに注意《ちゅうい》の眼《め》をそそいでいたが、別《べつ》に変《か》わったこともないようであった。座頭《ざとう》は朝《あさ》から夕《ゆう》まで渡《わた》し場《ば》へ出《で》て、うまずおこたらずに野村彦右衛門《のむらひこえもん》の名《な》を呼《よ》びつづけていた。

平助《へいすけ》は毎晩《まいばん》一合《ごう》の寝酒《ねざけ》で正体《しょうたい》もなく寝入《ねい》ってしまうので、夜《よ》なかのことはちっとも知《し》らなかったが、ある夜《よ》ふけにふと眼《め》をさますと、座頭《ざとう》は消《き》えかかっている炉《ろ》の火《ひ》をたよりに何《なに》か太《ふと》い針《はり》のようなものを一心《いっしん》に磨《と》いでいるようであったが、人一倍《ひといちばい》に感《かん》のいいらしい彼《かれ》は、平助《へいすけ》が身動《みうご》きしたのを早《はや》くも覚《さと》って、たちまちにその針《はり》のようなものを押《お》し隠《かく》した。その様子《ようす》がただならないようにみえたので、平助《へいすけ》は素知《そし》らぬ顔《かお》をして再《ふたた》び眠《ねむ》ってしまったが、その夜《よ》なかにかの盲人《もうじん》がそっとはい起《お》きてきて、自分《じぶん》の寝《ね》ている上《うえ》に乗《の》りかかって、かの針《はり》のようなものを左《ひだり》の眼《め》に突《つ》き

うまずおこたらず…いやになったり、なまけたりすることもなく。つまり、やめることなくずっとの意《い》。

一合《ごう》…合《ごう》は容積《ようせき》の単位《たんい》。１合《ごう》は約《やく》0.18リットル。

とおすとみて、夢《ゆめ》がさめた。そのうなされる声《こえ》に座頭《ざとう》も眼《め》をさまして、探《さぐ》りながら介抱《かいほう》してくれた。平助《へいすけ》はその夢《ゆめ》についてなんにも語《かた》らなかったが、それ以来《いらい》なんとなくかの座頭《ざとう》がおそろしくなってきた。

彼《かれ》はなんのために針《はり》のようなものを持《も》っているのか、盲人《もうじん》の商売道具《しょうばいどうぐ》であるといえばそれまでであるが、あれほどに太《ふと》い針《はり》を隠《かく》し持《も》っているのは少《すこ》しく不似合《ふにあ》いのことである。あるいは偽盲《にせめくら》で実《じつ》は盗賊《とうぞく》のたぐいではないかなどと平助《へいすけ》は疑《うたが》った。いずれにしても彼《かれ》を同宿《どうしゅく》させるのを平助《へいすけ》は薄気味《うすきみ》悪《わる》く思《おも》うようになったが、自分《じぶん》の方《ほう》からすすめて引《ひ》き入《い》れた以上《いじょう》、今《いま》さらそれを追《お》い出《だ》すわけにもいかないので、まずそのままにしておくと、ある秋《あき》の宵《よい》である。この日《ひ》は昼《ひる》から薄寒《うすさむ》い雨《あめ》がふりつづいて、渡《わた》しを越《こ》える人《ひと》も少《すく》なかったが、暮《く》れてはまったく人通《ひとどお》りも絶《た》えた。河原《かわら》には水《みず》が増《ま》したらしく、そこらの石《いし》を打《う》つ音《おと》が例《いつも》よりもすさまじくひびいた。小屋《こや》の前《まえ》の川柳《かわやなぎ》に降《ふ》りそそぐ雨《あめ》の音《おと》もさびしくきこえて、なれている平助《へいすけ》もおのずとわびしい思《おも》いを誘《さそ》い出《だ》されるような夜《よる》であった。肌寒《はだざむ》いので炉《ろ》の火《ひ》を強《つよ》く焚《た》いて、平助《へいすけ》は宵《よい》から例《れい》の一合《ごう》の酒《さけ》をちびりちびりと飲《の》みはじめると、ふだんから下戸《げこ》だといっている座頭《ざとう》はだまって炉《ろ》の前《まえ》にすわっていた。

「あ」

座頭《ざとう》はやがて口《くち》のうちでいった。それにおどろかされて、平助《へいすけ》も思《おも》わず顔《かお》をあげると、小屋《こや》の外《そと》には何《なに》かぴちゃぴちゃいう音《おと》が雨《あめ》のなかにきこえた。

「何《なに》かな。魚《さかな》かな」

と、座頭《ざとう》はいった。

「そうだ。魚《さかな》だ」

と、平助《へいすけ》はたちあがった。

「この雨《あめ》で水《みず》がふえたので、なにか大《おお》きい奴《やつ》がはねあがったと見《み》えるぞ」

平助《へいすけ》はそこにかけてある簑《みの》を引《ひ》っかけて、小《ち》さいすくい網《あみ》を持《も》って小《こ》屋《や》を出《で》ると、外《そと》には風《かぜ》まじりの雨《あめ》が暗《くら》く降《ふ》りしきっているので、いつも

下戸《げこ》…酒《さけ》の飲《の》めない人《ひと》。その反対《はんたい》は上戸《じょうご》。

ほどの水明《みずあか》りも見《み》えなかったが、その薄暗《うすぐら》い岸《きし》の上《うえ》に一尾《ぴき》の大《おお》きい魚《さかな》のはねまわっているのが、おぼろげにうかがわれた。

「ああ、鱸《すずき》だ。こいつは大《おお》きいぞ」

鱸《すずき》は強《つよ》い魚《さかな》であることを知《し》っているので、平助《へいすけ》も用心《ようじん》しておさえにかかったが、魚《さかな》は予想以上《よそういじょう》に大《おお》きく、どうしても三尺《じゃく》をこえているらしいので、小《ちい》さい網《あみ》ではしょせんすくうことはできそうもなかった。うっかりすると網《あみ》をやぶられるおそれがあるので、彼《かれ》は網《あみ》を投《な》げすててその魚《さかな》を抱《だ》こうとすると、魚《さかな》は尾《お》びれをふって自分《じぶん》の敵《てき》を力強《ちからづよ》くはねとばしたので、平助《へいすけ》はぬれている草《くさ》にすべってたおれた。その物音《ものおと》を聞《き》きつけて座頭《ざとう》も表《おもて》へ出《で》てきたが、盲目《もうもく》の彼《かれ》は暗《くら》いなかをおそれるはずはなかった。彼《かれ》は魚《さかな》のはねる音《おと》をたよりに探《さぐ》り寄《よ》ったかと思《おも》うと、難《なん》なくそれを取《と》りおさえてしまったので、盲人《もうじん》としてあまりに手際《てぎわ》がよいと、平助《へいすけ》はすこし不思議《ふしぎ》に思《おも》いながらともかくも大《おお》きい魚《さかな》を小屋《こや》のうちへかかえこむと、それは果《は》たして鱸《すずき》であった。鱸《すずき》の眼《め》には右《みぎ》から左《ひだり》へかけて太《ふと》い針《はり》が突《つ》きとおされているのを見《み》たときに、平助《へいすけ》は何《なん》とはなしにぞっとした。魚《さかな》は半死半生《はんしはんしょう》に弱《よわ》っていた。

「針《はり》は魚《さかな》の眼《め》に刺《さ》さっていますか」

と、座頭《ざとう》はきいた。

「刺《さ》さっているよ」

と、平助《へいすけ》は答《こた》えた。

「刺《さ》さりましたか、たしかに、眼玉《めだま》のまん中《なか》に……」

見《み》えない眼《め》をむき出《だ》すようにして、座頭《ざとう》はにやりと笑《わら》ったので、平助《へいすけ》はまたぞっとした。

二

盲人《もうじん》は感《かん》のいいものである。そのなかでもこの座頭《ざとう》はひじょうに感《かん》のいいらしいことを平助《へいすけ》もかねて承知《しょうち》していたが、今夜《こんや》の手際《てぎわ》をみせられて彼《かれ》はいよいよ舌《した》をまいた、もとより盲人《もうじん》であるから、暗《くら》いも明《あか》るいも頓着《とんじゃく》はあるまいが、それにしてもこの暗《くら》い雨《あめ》のなかで、勢《いきお》いよくはねまわっている大《おお》きい魚《さかな》をつかまえて、手探《てさぐ》りながらにその眼《め》のまっ只中《ただなか》を突《つ》きとおしたのは、世《よ》のつねの手練《しゅれん》でない。かれが人《ひと》の目《め》をしのんで磨《と》ぎすましているあの針《はり》が、これほどの働《はたら》きをするかと思《おも》うと、平助《へいすけ》はいよいよおそろしくなった。彼《かれ》はその晩《ばん》も盲人《もうじん》の針《はり》に目《め》を突《つ》き刺《さ》される夢《ゆめ》をみて、幾《いく》たびかうなされた。

「とんだ者《もの》を引《ひ》きずりこんでしまった」

平助《へいすけ》は今《いま》さら後悔《こうかい》したが、さりとて思《おも》いきって彼《かれ》を追《お》い出《だ》すほどの勇《ゆう》気《き》もなかった。かえってその後《ご》は万事《ばんじ》に気《き》をつけて、そのご機嫌《きげん》を取《と》るように努《つと》めているくらいであった。

座頭《ざとう》がこの渡《わた》し場《ば》にあらわれてから足《あし》かけ三年《ねん》、平助《へいすけ》の小屋《こや》に引《ひ》き取《と》られてから足《あし》かけ二年《ねん》、あわせて丸《まる》四年《ねん》ほどの月日《つきひ》が過《す》ぎた後《あと》に、彼《かれ》は

頓着《とんじゃく》…気《き》にかけること。とんちゃく。
世《よ》のつねの手練《しゅれん》…一般的《いっぱんてき》な、ごく普通《ふつう》の手《て》ぎわ(わざ)。

春《はる》二月《がつ》のはじめごろから風邪《かぜ》のここちでわずらいついた。それは余寒《よかん》の強《つよ》い年《とし》で、日光《にっこう》や赤城《あかぎ》から朝夕《あさゆう》に吹《ふ》きおろしてくる風《かぜ》が、広《ひろ》い河原《かわら》にただ一軒《けん》のこの小屋《こや》を吹《ふ》きたおすかとも思《おも》われた。その寒《さむ》いのもいとわずに、平助《へいすけ》は古河《こが》の町《まち》まで薬《くすり》を買《か》いにいって、病《や》んでいる座頭《ざとう》に飲《の》ませてやった。

そんなからだでありながら、座頭《ざとう》は杖《つえ》にすがって渡《わた》し場《ば》へ出《で》てゆくことをおこたらなかった。

「この寒《さむ》いのに、朝《あさ》から晩《ばん》まで吹《ふ》きさらされていてはたまるまい。せめて病気《びょうき》のいえるまでは休《やす》んではどうだね」

平助《へいすけ》は見《み》かねて注意《ちゅうい》したが、座頭《ざとう》はどうしてもきかなかった。日《ひ》ましに痩《や》せおとろえてくる体《からだ》を一本《ぽん》の杖《つえ》にあやうくささえながら、彼《かれ》は毎日《まいにち》とぼとぼと出《で》ていったが、その強情《ごうじょう》もとうとう続《つづ》かなくなって、朝《あさ》から晩《ばん》まで小屋《こや》のなかにたおれているようになった。

「それだからいわないことではない。まだ若《わか》いのに、からだを大事《だいじ》にし

余寒《よかん》…寒《かん》が明《あ》けても（立春後《りっしゅんご》も）、まだ残《のこ》っている寒《さむ》さのこと。

なさい」

と、平助《へいすけ》じいさんは親切《しんせつ》に看病《かんびょう》してやったが、彼《かれ》の病気《びょうき》はいよいよ重《おも》くなっていくらしかった。

渡《わた》し場《ば》へ出《で》られなくなってから、座頭《ざとう》は平助《へいすけ》にたのんで毎日《まいにち》一尾《ぴき》ずつの生《い》きた魚《さかな》を買《か》ってきてもらった。冬《ふゆ》から春《はる》にかけては、ここらの水《みず》も枯《か》れて川魚《かわざかな》もとれない。海《うみ》に遠《とお》いところであるから、生《い》きた海魚《うみざかな》などはなおさら少《すく》ない。それでも平助《へいすけ》は毎日《まいにち》さがしあるいて、生《い》きた鯉《こい》や鮒《ふな》や鰻《うなぎ》などを買《か》ってくると、座頭《ざとう》はかの針《はり》をとり出《だ》して一尾《ぴき》ずつその眼《め》をつらぬいて捨《す》てた。殺《ころ》してしまえば用《よう》はない。あとは勝手《かって》に煮《に》るとも焼《や》くともしてくれといったが、座頭《ざとう》の執念《しゅうねん》のこもっているようなその魚《さかな》を平助《へいすけ》はどうも食《く》う気《き》にはなれないので、いつもそれを眼《め》の前《まえ》の川《かわ》へ投《な》げこんでしまった。

一日《にち》に一尾《ぴき》、生《い》きた魚《さかな》の眼《め》を突《つ》きつぶしているばかりでなく、さらに平《へい》助《すけ》をおどろかしたのは、座頭《ざとう》がその魚《さかな》を買《か》う代金《だいきん》として五枚《まい》の小判《こばん》を彼《かれ》に渡《わた》したことである。午飯《ひるめし》に握《にぎ》り飯一《めしひと》つをもらっていたころには、毎日《まいにち》一文《もん》ずつの代《だい》をしはらっていたが、小屋《こや》に寝起《ねお》きをするようになってからは、平助《へいすけ》と一《ひと》つ鍋《なべ》で三度《ど》の飯《めし》を食《く》っていながら、座頭《ざとう》は一文《もん》の金《かね》をもはらわなくなった。もちろん、平助《へいすけ》の方《ほう》でも催促《さいそく》しなかった。座頭《ざとう》は今《いま》になってそれをいいだして、おまえさんにはたくさんの借《か》りがある。ついてはわたしの生《い》きているあいだはこの金《かね》で魚《さかな》を買《か》って、残《のこ》った分《ぶん》は今《いま》までの食料《しょくりょう》として受《う》け取《と》ってくれといった。あしかけ二年《ねん》の食料《しょくりょう》といったところで知《し》れたものである。それに対《たい》して五枚《まい》の小判《こばん》を渡《わた》されて、平助《へいすけ》は胆《きも》をつぶしたが、ともかくもそのいう通《とお》りにあずかっておくと、座頭《ざとう》は半月《はんつき》ばかりの後《のち》にいよいよ弱《よわ》りはてて、きょうか翌日《あす》かという危篤《きとく》の容体《ようだい》になった。

旧暦《きゅうれき》の二月《がつ》、あしたは彼岸《ひがん》の入《い》りというのに、今年《ことし》の春《はる》の寒《さむ》さは身《み》にこたえて、朝《あさ》から吹《ふ》きつづけている赤城《あかぎ》おろしは、午過《ひるす》ぎから細《こま》かい雪《ゆき》さえも運《はこ》びだしてきた。時候《じこう》はずれの寒《さむ》さが病人《びょうにん》にさわることをおそれ

旧暦《きゅうれき》の二月《がつ》…太陰太陽暦《たいいんたいようれき》の二月《がつ》。新暦《しんれき》(太陽暦《たいようれき》)では、二月《がつ》下旬《げじゅん》から四月上旬《がつじょうじゅん》ごろにあたる。

赤城《あかぎ》おろし…赤城山《あかぎやま》(群馬県《ぐんまけん》)方面《ほうめん》から吹《ふ》きおろされる、冷《つめ》たいからっ風《かぜ》。

て、平助《へいすけ》は例《いつ》よりも炉《ろ》の火《ひ》を強《つよ》く焚《た》いた。渡《わた》しが止《と》まって、ほかの船頭《せんどう》どもは早々《そうそう》に引《ひ》きあげてしまうと、春《はる》の日《ひ》もやがて暮《く》れかかって、雪《ゆき》はさのみにも降《ふ》らないが、風《かぜ》はいよいよ強《つよ》くなった。それが時々《ときどき》にごうごうとほえるように吹《ふ》きよせてくると、古《ふる》い小屋《こや》は地震《じしん》のようにぐらぐらとゆれた。

その小屋《こや》の隅《すみ》に寝《ね》ている座頭《ざとう》は弱《よわ》い声《こえ》でいった。

「風《かぜ》が吹《ふ》きますね」

「毎日《まいにち》吹《ふ》くので困《こま》るよ」

と、平助《へいすけ》は炉《ろ》の火《ひ》で病人《びょうにん》の薬《くすり》を煎《せん》じながらいった。

「おまけに今日《きょう》はすこし雪《ゆき》が降《ふ》る。どうも不順《ふじゅん》な陽気《ようき》だから、おまえさんなんぞはなおさら気《き》をつけなければいけないぞ」

「ああ、雪《ゆき》が降《ふ》りますか。雪《ゆき》が……」

と、座頭《ざとう》はため息《いき》をついた。

「気《き》をつけるまでもなく、わたしはもうお別《わか》れです」

さのみにも…それほどは。

「そんな弱《よわ》いことをいってはいけない。もう少《すこ》し持《も》ちこたえれば陽気《ようき》もきっと春《はる》めいてくる。暖《あたた》かにさえなれば、お前《まえ》さんのからだも自然《しぜん》になおるにきまっている。せいぜい今月《こんげつ》いっぱいの辛抱《しんぼう》だよ」

「いえ、なんといってくだすっても、わたしの寿命《じゅみょう》はもうつきています。しょせんなおるはずはありません。どういうご縁《えん》か、おまえさんにはいろいろのお世話《せわ》になりました。つきましては、わたしの死《し》に際《ぎわ》に少《すこ》しきいておいてもらいたいことがあるのですが……」

「まあ、待《ま》ちなさい。薬《くすり》がもうできた時分《じぶん》だ。これを飲《の》んでからゆっくり話《はな》しなさい」

平助《へいすけ》に薬《くすり》をのませてもらって、座頭《ざとう》は風《かぜ》の音《おと》に耳《みみ》をかたむけた。

「雪《ゆき》はまだふっていますか」

「ふっているようだよ」

と、平助《へいすけ》は戸《と》の隙間《すきま》から暗《くら》い表《おもて》をのぞきながら答《こた》えた。

「雪《ゆき》のふるたびに、昔《むかし》のことがひとしお身《み》にしみて思《おも》い出《だ》されます」

と、座頭《ざとう》はしずかに話《はな》しだした。

「今《いま》まで自分《じぶん》の名《な》をいったこともありませんでしたが、わたしは治平《ちへい》といって、以前《いぜん》は奥州筋《おうしゅうすじ》のある藩中《はんちゅう》に若党奉公《わかとうほうこう》をしていた者《もの》です。わたしがここへ来《き》たのは三十一の年《とし》で、それから足《あし》かけ五年《ねん》、今年《ことし》は三十五になりますが、今《いま》から十三年前《ねんまえ》、わたしが二十二の春《はる》、やはり雪《ゆき》の降《ふ》った寒《さむ》い日《ひ》にこの両方《りょうほう》の眼《め》をなくしてしまったのです。わたしの主人《しゅじん》は野村彦右衛門《のむらひこえもん》といって、その藩中《はんちゅう》でも百《ひゃく》八十石取《こくど》りの相当《そうとう》な侍《さむらい》で、そのときは二十七歳《さい》、ご新造《しんぞう》はお徳《とく》さんといって、わたしと同年《どうねん》の二十二でした。ご新造《しんぞう》は容貌自《きりょうじ》慢《まん》……いや、まったく自慢《じまん》してもいいくらいの容貌《きりょう》好《よ》しで、武家《ぶけ》のご新造《しんぞう》としてはちっと派手《はで》すぎるという評判《ひょうばん》でしたが、ご新造《しんぞう》はそんなことに頓《とん》着《じゃく》なく、子《こ》どものないのを幸《さいわ》いにせいぜい派手《はで》に粧《つく》っていました。その美《うつく》しい女振《おんなぶ》りを一《ひと》つ屋敷《やしき》で朝《あさ》に晩《ばん》に見《み》ているうちに、わたしにもおさえきれ

若党奉公《わかとうほうこう》…若党《わかとう》は武士《ぶし》の従者《じゅうしゃ》。若党《わかとう》として武士《ぶし》にお仕《つか》えすること。
ご新造《しんぞう》…武士《ぶし》など、上層《じょうそう》の人《ひと》の若《わか》い奥方《おくがた》の尊称《そんしょう》。
容貌自慢《きりょうじまん》…顔《かお》かたちがよいのをほこること。

ない煩悩《ぼんのう》が起《お》こりました。相手《あいて》は人妻《ひとづま》、しかも主人《しゅじん》、とてもどうにもならないことはわかりきっているのですが、それがどうしても思《おも》いきれないので、自分《じぶん》でも気《き》がおかしくなったのではないかと思《おも》われるように、ただむやみにいらいらして日《ひ》を送《おく》っていると、忘《わす》れもしない正月《しょうがつ》の二十七日《にち》、この春《はる》は奥州《おうしゅう》にめずらしく暖《あたた》かい日《ひ》がつづいたのですが、前《まえ》の晩《ばん》から大雪《おおゆき》がふりだしてたちまち二尺《しゃく》ほども積《つ》もってしまいました。雪国《ゆきぐに》ですから雪《ゆき》におどろくこともありません。ただそのままにしておいてもよいのですが、せめて縁先《えんさき》に近《ちか》いところだけでもはきよせておこうと思《おも》って、わたしは箒《ほうき》を持《も》って庭《にわ》へ出《で》ると、ご新造《しんぞう》はこの雪《ゆき》で持病《じびょう》の癪気《しゃく》が起《お》こったということで、六畳《じょう》の居間《いま》で炬燵《こたつ》にあたっていましたが、わたしの箒《ほうき》の音《おと》をきいて縁先《えんさき》の雨戸《あまど》をあけて、どうで積《つ》もると決《き》まっているものをわざわざはくのは無駄《むだ》だからやめろというのです。それだけならばよかったのですが、さぞ寒《さむ》いだろう、ここへ来《き》て炬燵《こたつ》にあたれといってくれました。相手《あいて》は冗談半分《じょうだんはんぶん》に

煩悩《ぼんのう》…もとは仏教《ぶっきょう》の言葉《ことば》だが、一般《いっぱん》には身《み》も心《こころ》もすべてをわずらわされ、悩《なや》まされることをいう。

癪気《しゃくき》…胸《むね》やお腹《なか》の激痛《げきつう》に対《たい》しての昔《むかし》の呼《よ》び方《かた》。さしこみ。

いったのでしょうが、それを聞《き》いてわたしはむやみにうれしくなりまして、からだの雪《ゆき》をはらいながら半分《はんぶん》は夢中《むちゅう》で縁側《えんがわ》へあがりました。灰《はい》のような雪《ゆき》が吹《ふ》きこむので、すぐに雨戸《あまど》をしめて炬燵《こたつ》のそばへはいりこむと、ご新造《しんぞう》はわたしの無作法《ぶさほう》に呆《あき》れたようにただだまってながめていました。まったくそのときにはわたしも気《き》がちがっていたのでしょう」

死《し》にかかっている座頭《ざとう》の口《くち》から、こんな色《いろ》めいた話《はなし》を聞《き》かされて、平《へい》助《すけ》じいさんも意外《いがい》に思《おも》った。

三

座頭《ざとう》はまた語《かた》りつづけた。

「わたしはこの図《ず》をはずしてはならないと思《おも》って、ふだんから思《おも》っていることを一度《いちど》にみんないってしまいました。家来《けらい》に口説《くど》かれて、ご新造《しんぞう》はい

図《ず》…ここでは、願《ねが》ってもない状況《じょうきょう》、絶好《ぜっこう》の機会《きかい》（チャンス）の意《い》。

よいよ呆《あき》れたのかも知《し》れません。やはり何《なん》にもいわずにすわっているので、わたしはじれこんでその手《て》をとらえようとすると、ご新造《しんぞう》は初《はじ》めて声《こえ》を立《た》てました。その声《こえ》を聞《き》きつけて、ほかの者《もの》もかけてきて、有無《うむ》をいわさずにわたしをしばりあげて、庭《にわ》の立《た》ち木《き》につないでしまいました。両手《りょうて》をくくられて、雪《ゆき》のなかにさらされて、しょせんわが命《いのち》はないものと覚悟《かくご》していると、やがて主人《しゅじん》は城《しろ》から退《かえ》ってきました。主人《しゅじん》は子細《しさい》を聞《き》いて、わたしを縁先《えんさき》へ引《ひ》き出《だ》させて、貴様《きさま》のような奴《やつ》を成敗《せいばい》するのは刀《かたな》のけがれだからゆるしてやるが、さような不埒《ふらち》な料簡《りょうけん》をおこすというのも、畢竟《ひっきょう》はその眼《め》が見《み》えるからだ。今後《こんご》再《ふたた》び心得《こころえ》ちがいをいたさぬように貴様《きさま》の眼《め》だまをつぶしてやるといって、小柄《こがら》をぬいてわたしの両方《りょうほう》の眼《め》を突《つ》き刺《さ》しました」

今《いま》もその眼《め》から血《ち》のなみだが流《なが》れ出《だ》すように、座頭《ざとう》は痩《や》せた指《ゆび》で両方《りょうほう》の眼《め》をおさえた。平助《へいすけ》もこのむごたらしい仕置《しお》きに身《み》ぶるいして、自分《じぶん》の眼《め》にも刃物《はもの》を刺《さ》されたように痛《いた》んできた。彼《かれ》はため息《いき》をつきながらきいた。

不埒《ふらち》な料簡《りょうけん》…道《みち》にはずれた考《かんが》え、および行為《こうい》。

畢竟《ひっきょう》…つまるところ。つまり。結局《けっきょく》。

小柄《こがら》…短《みじか》い方《ほう》の刀《かたな》。小刀《しょうとう》。脇差《わきざし》。

「それからどうしなすった」

「にわか盲《めくら》にされて放逐《ほうちく》されて、わたしは城下《じょうか》の親類《しんるい》の家《いえ》へひき渡《わた》されました。命《いのち》には別条《べつじょう》なく、疵《きず》の療治《りょうじ》もすみましたが、にわか盲《めくら》ではどうすることもできません。宇都宮《うつのみや》に知り人《びと》があるので、そこへたよっていって按摩《あんま》の弟子《でし》になりまして、それからまた江戸《えど》へ出《で》て、ある検校《けんぎょう》の弟子《でし》になりました。二十二の春《はる》から三十一の年《とし》まで足《あし》かけ十年《ねん》、そのあいだ一日《いちにち》でも仇《かたき》のことを忘《わす》れたことはありませんでした。仇《かたき》は元《もと》の主人《しゅじん》の野村彦《のむらひこ》右衛門《えもん》。いっそ一《ひ》と思《おも》いに成敗《せいばい》するなら格別《かくべつ》、こんなむごたらしい仕置《しお》きをして、人間《にんげん》ひとりを一生《いっしょう》の不具者《ふぐしゃ》にしたかと思《おも》うと、どうしてもその仇《かたき》を取《と》らなければならない。といって、相手《あいて》は立派《りっぱ》な侍《さむらい》で、武芸《ぶげい》も人並《ひとな》み以《い》上《じょう》にすぐれていることを知《し》っていますから、眼《め》のみえないわたしが仇《かたき》を取《と》るにはどうしたらよいか、いろいろかんがえぬいたあげくに思《おも》いついたのが針《はり》でした。宇都宮《うつのみや》でも江戸《えど》でも針《はり》の稽古《けいこ》をしていましたから、その

放逐《ほうちく》…追《お》いはらわれること。

按摩《あんま》…マッサージ師《し》の昔《むかし》の呼《よ》び方《かた》。昔《むかし》は、多《おお》くは盲人《もうじん》の仕事《しごと》とされた。

検校《けんぎょう》…昔《むかし》あった、盲人《もうじん》の階級《かいきゅう》の最高級《さいこうきゅう》の位《くらい》、あるいはその人《ひと》。

針《はり》の太《ふと》いのをこしらえておいて、不意《ふい》に飛《と》びかかってその眼玉《めだま》を突《つ》く。そう決《き》めてから、ひまさえあれば針《はり》でものを突《つ》く稽古《けいこ》をしていると、人《ひと》の一心《いっしん》はおそろしいもので、しまいには一本《ぽん》の松葉《しょうよう》でさえもねらいをはずさずに突《つ》き刺《さ》すようになりましたが、さて今度《こんど》はその相手《あいて》に近寄《ちかよ》る手《て》だてに困《こま》りました。彦右衛門《ひこえもん》は屋敷《やしき》の用向《ようむ》きで江戸《えど》と国許《くにもと》のあいだをたびたび往復《おうふく》することを知《し》っていましたので、この渡《わた》し場《ば》に待《ま》っていて、船《ふね》に乗《の》るか、船《ふね》からおりるか、そこをねらって本意《ほんい》をとげようと、師匠《ししょう》の検校《けんぎょう》には国《くに》へ帰《かえ》るといって暇《ひま》をもらいまして、ここへ来《き》ましてから足《あし》かけ五年《ねん》、毎日根気《まいにちこんき》よく渡《わた》し場《ば》へ出《で》ていって、上《のぼ》り下《くだ》りの旅人《たびびと》をいちいちにあらためていましたが、野村《のむら》とも彦右衛門《ひこえもん》ともいう者《もの》にどうしても出逢《であ》わないうちに、自分《じぶん》の命《いのち》が終《お》わることになりました。いや、こんなことは自《じ》分《ぶん》の胸《むね》ひとつに納《おさ》めておけばよいのですが、だれかに一度《いちど》は話《はな》しておきたいような気《き》もしましたので、とんだ長話《ながばなし》をしてしまいました。かえすがえすもお前《まえ》さんにはお世話《せわ》になりました。あらためてお礼《れい》を申《もう》します」

いうだけのことをいって、彼《かれ》はにわかに疲労《ひろう》したらしく、そのまま横向《よこむ》きになって木枕《きまくら》に顔《かお》を押《お》しつけた。平助《へいすけ》もだまって自分《じぶん》の寝床《ねどこ》にはいった。

夜《よ》なかから雪《ゆき》もやみ、風《かぜ》もだんだんに吹《ふ》き止《や》んで、この一軒家《いっけんや》をおどろかすものもなかった。利根《とね》の川水《かわみず》も凍《こお》ったように、流《なが》れの音《おと》を立《た》てなかった。河原《かわら》の朝《あさ》は早《はや》く明《あ》けて平助《へいすけ》はいつもの通《とお》りに眼《め》をさますと、病《びょう》人《にん》はしずかに眠《ねむ》っているらしかった。あまり静《しず》かなので、すこしく不安《ふあん》に思《おも》ってのぞいてみると、座頭《ざとう》はかの針《はり》で自分《じぶん》の頸筋《くびすじ》を突《つ》いていた。多《た》年《ねん》その道《みち》の修業《しゅぎょう》を積《つ》んでいるので、彼《かれ》は脈《みゃく》どころの急所《きゅうしょ》を知《し》っていたらしく、ただ一本《ぽん》の針《はり》で安々《やすやす》と死《し》んでいるのであった。

ほかの船頭《せんどう》どもにも手伝《てつだ》ってもらって、平助《へいすけ》は座頭《ざとう》の死骸《しがい》を近所《きんじょ》の寺《てら》へ葬《ほうむ》った。もちろん、かの針《はり》もいっしょにうずめた。平助《へいすけ》は正直者《しょうじきもの》であるので、座頭《ざとう》が形見《かたみ》の小判《こばん》五枚《まい》には手《て》を触《ふ》れず、すべて永代《えいたい》の回向料《えこうりょう》としてその寺《てら》に納《おさ》めてしまった。

それから六年《ねん》、かの座頭《ざとう》がこの渡《わた》し場《ば》に初《はじ》めてその姿《すがた》をあらわしてから十一年目《ねんめ》の秋《あき》である。八月《がつ》の末《すえ》に霖雨《ながあめ》が降《ふ》りつづいたので、利根川《とねがわ》は出水《しゅっすい》して沿岸《えんがん》の村々《むらむら》はみなひたされた。平助《へいすけ》の小屋《こや》も押《お》し流《なが》された。それがために房川《ぼうかわ》の船渡《ふなわた》しは十日《とおか》あまりも止《と》まっていたが、九月《がつ》になって秋晴《あきば》れの日《ひ》がつづいたので、ようやく船《ふね》を出《だ》すことになると、両岸《りょうぎし》の栗橋《くりはし》と古河《こが》とにつかえていた上《のぼ》り下《くだ》りの旅人《たびびと》は川《かわ》のあくのを待《ま》ちかねて、先《さき》を争《あらそ》って一度《いちど》に乗《の》りだした。

「あぶねえぞ、気《き》をつけろよ。水《みず》はまだほんとうに引《ひ》いていねえのに、どの船《ふね》もみんないっぱいだからな」

平助《へいすけ》じいさんは岸《きし》に立《た》ってしきりに注意《ちゅうい》していると、古河《こが》の方《ほう》からこぎだした一艘《そう》の船《ふね》はまだ幾間《いくけん》も進《すす》まないうちに、強《つよ》い横浪《よこなみ》のあおりをう

永代《えいたい》の回向料《えこうりょう》…とこしえ（この先《さき》ずっと）の寺《てら》への死者《ししゃ》の供養料《くようりょう》。
出水《しゅっすい》…大水《おおみず》がでること。洪水《こうずい》。でみず。
幾間《いくけん》も…間《けん》は長《なが》さの単位《たんい》。１間《けん》は約《やく》1.82メートル。それほどの距離《きょり》もの意《い》。

けて、あれという間に転覆《てんぷく》した。平助《へいすけ》のいう通《とお》り水《みず》はまだほんとうに引《ひ》いていないので、船頭《せんどう》どものほかにも村々《むらむら》の若《わか》い者《もの》らが用心《ようじん》のために出《で》張《ば》っていたので、それを見《み》るとみなばらばらと飛《と》びこんで、あわやおぼれそうな人々《ひとびと》を見《み》あたり次第《しだい》に救《すく》い出《だ》して、もとの岸《きし》へかつぎあげた。手《て》あてを加《くわ》えられて、どの人《ひと》もみな正気《しょうき》にかえったが、そのなかでただひとりの侍《さむらい》はどうしても生《い》きなかった。身《み》なりもいやしくない四十五六《しじゅうごろく》の男《おとこ》で、ふたりの供《とも》を連《つ》れていた。

供《とも》の者《もの》はいずれも無事《ぶじ》で、その二人《ふたり》の口《くち》からかの溺死者《できししゃ》の身《み》の上《うえ》が説《せつ》明《めい》された。かれは奥州《おうしゅう》のある藩中《はんちゅう》の野村彦右衛門《のむらひこえもん》という侍《さむらい》で、六年以前《ねんいぜん》から眼病《がんびょう》にかかってこのごろではほとんど盲目同様《もうもくどうよう》になった。江戸《えど》に眼《がん》科《か》の名医《めいい》があるというのを聞《き》いて、主君《しゅくん》へも届《とど》けずみのうえで、その療《りょう》治《じ》のために江戸《えど》へ上《のぼ》る途中《とちゅう》、ここで測《はか》らずも禍《わざわい》に逢《あ》ったのである。盲目《もうもく》同様《どうよう》であるから、道中《どうちゅう》は駕籠《かご》に乗《の》せられて、ふたりの家来《けらい》にたすけられてきたのであるが、この場合《ばあい》、そうとうに水練《すいれん》の心得《こころえ》もあるはずの彼《かれ》がどうして自分《じぶん》ひとり溺死《できし》したかと、家来《けらい》もあやしむように語《かた》った。

それとはまたすこしちがった意味《いみ》で、平助《へいすけ》じいさんは彼《かれ》の死《し》をあやしんだ。ほかの乗合《のりあい》がみんな救《すく》われたなかで、野村彦右衛門《のむらひこえもん》という盲目《もうもく》の侍《さむらい》だけがどうして溺《おぼ》れ死《し》んだか、それを思《おも》うと、平助《へいすけ》はまたにわかにぞっとした。彼《かれ》は供《とも》の家来《けらい》にむかって、このお方《かた》には奥《おく》さまがあるかとひそかにきくと、ご新造様《しんぞうさま》は遠《とお》いむかしにご離縁《りえん》になったと答《こた》えた。いつのころにどういうことで離縁《りえん》になったのか、そこまでは平助《へいすけ》も押《お》してきくわけにはいかなかった。

旅先《たびさき》のことであるから、家来《けらい》どもは主人《しゅじん》のなきがらを火葬《かそう》にして、遺《い》骨《こつ》を国許《くにもと》へ持《も》ち帰《かえ》るといっていた。平助《へいすけ》は近所《きんじょ》の寺《てら》へまいって、かの座《ざ》頭《とう》の墓《はか》にあき草《くさ》の花《はな》をそなえて帰《かえ》った。

水練《すいれん》…水泳《すいえい》の昔《むかし》の呼《よ》び方《かた》。

店《みせ》の代々《だいだい》のならわしは、
男《おとこ》は買《か》い出《だ》しや料理場《りょうりば》を受《う》け持《も》ち、
嫁《よめ》か娘《むすめ》が帳場《ちょうば》を守《まも》ることになっている。

家霊《かれい》

岡本《おかもと》かの子《こ》

岡本《おかもと》かの子《こ》　一八八九―一九三九

無口《むくち》だった少女時代《しょうじょじだい》とは反対《はんたい》に、後年《こうねん》の作者《さくしゃ》は「よく童女《どうじょ》といわれたくらい、思《おも》うこと、振《ふ》る舞《ま》うこと、すべて率直《そっちょく》に無邪気《むじゃき》にさらけ出《だ》す」と、息子《むすこ》の岡本太郎《おかもとたろう》（画家《がか》）が述《の》べているように、自《じ》由奔放《ゆうほんぽう》に、そして、強烈《きょうれつ》な自負心《じふしん》をもって五十年《ねん》の生涯《しょうがい》をかけぬけました。「歌《うた》と小説《しょうせつ》と宗教《しゅうきょう》と、一人《ひとり》で三つもやって」と自身《じしん》で書《か》いていますが、あこがれの文壇《ぶんだん》デビューは芥川龍之介《あくたがわりゅうのすけ》をモデルとした『鶴《つる》は病《や》みき』で、その三年後《ねんご》には他界《たかい》しています。

　山《やま》の手《て》の高台《たかだい》で電車《でんしゃ》の交叉点《こうさてん》になっている十字路《じゅうじろ》がある。十字路《じゅうじろ》の間《あいだ》からまた一筋細《ひとすじほそ》くわかれ出《で》て下町《したまち》への谷《たに》に向《む》く坂道《さかみち》がある。坂道《さかみち》の途中《とちゅう》に八幡宮《はちまんぐう》の境内《けいだい》と向《む》かい合《あ》って名物《めいぶつ》のどじょう店《てん》がある。ふきみがいた千本格子《せんぼんごうし》の真《ま》ん中《なか》に入《い》り口《ぐち》を開《あ》けて古《ふる》い暖簾《のれん》がかけてある。暖簾《のれん》にはお家流《いえりゅう》の文字《もじ》で白《しろ》く「いのち」と染《そ》め出《だ》してある。

　どじょう、鯰《なまず》、すっぽん、河豚《ふぐ》、夏《なつ》はさらし鯨《くじら》——この種《しゅ》の食品《しょくひん》は身体《からだ》の精分《せいぶん》になるということから、昔《むかし》この店《みせ》の創始者《そうししゃ》が素晴《すば》らしい思《おも》いつきのつもりで店名《てんめい》を「いのち」とつけた。その当時《とうじ》はそれも目新《めあたら》しかったのだろうが、中《なか》ほどの数十年間《すうじゅうねんかん》はきわめて凡庸《ぼんよう》な文字《もじ》になってだれも興《きょう》味《み》をひくものはない。ただそれらの食品《しょくひん》についてこの店《みせ》は独特《どくとく》な料理方《りょうりほう》をするのと、値段《ねだん》がやすいのとで客《きゃく》はいつも絶《た》えなかった。

　今《いま》から四五年《しごねん》まえである。「いのち」という文字《もじ》には何《なに》か不安《ふあん》に対《たい》する魅力《みりょく》や虚無《きょむ》から出立《しゅったつ》する冒険《ぼうけん》や、黎明《れいめい》に対《たい》しての執拗《しつよう》な追求性《ついきゅうせい》——こう

お家流《いえりゅう》…江戸時代《えどじだい》に広《ひろ》まった筆記書体《ひっきしょたい》。
凡庸《ぼんよう》…ごくありきたりな。
黎明《れいめい》…ここでは新《あたら》しい時代《じだい》など、ものごとの始《はじ》まりの意《い》。

いったものと結《むす》びつけて考《かんが》える浪曼的《ろうまんてき》な時代《じだい》があった。そこでこの店頭《てんとう》の洗《あら》いさらされた暖簾《のれん》の文字《もじ》も何十年来《なんじゅうねんらい》の煤《すす》をはらって、界隈《かいわい》の現代青年《げんだいせいねん》に何《なに》か即興的《そっきょうてき》にもしろ、一《ひと》つのショックをあたえるようになった。彼《かれ》らは店《みせ》の前《まえ》へ来《く》ると、暖簾《のれん》の文字《もじ》をながめて青年風《せいねんふう》の沈鬱《ちんうつ》さでいう。

「つかれた。一《ひと》ついいのちでも喰《く》うかな」

すると連《つ》れはややさばけたふうで、

「逆《ぎゃく》に喰《く》われるなよ」

たがいに肩《かた》をたたいたりしてなかへひしめき入《い》った。

客席《きゃくせき》は広《ひろ》い一《ひと》つの座敷《ざしき》である。冷《つめ》たい籐《とう》の畳《たたみ》の上《うえ》へ細長《ほそなが》い板《いた》を桝形《ますがた》に敷《し》き渡《わた》し、これが食台《しょくだい》になっている。

客《きゃく》は上《うえ》へあがってすわったり、土間《どま》の椅子《いす》に腰《こし》かけたりしたまま、食《しょく》台《だい》で酒食《しゅしょく》している。客《きゃく》の向《む》かっている食品《しょくひん》は鍋《なべ》るい、いや椀《わん》が多《おお》い。

湯気《ゆげ》や煙《けむり》ですすけたまわりを雇《やと》い人《にん》の手《て》がとどく背丈《せたけ》だけ雑巾《ぞうきん》をかけ

沈鬱《ちんうつ》…気分《きぶん》が沈《しず》みふさぎこむこと。

さばけた…ここでは、ものわかりがいいという意《い》。

桝形《ますがた》…枡《ます》のような四角《しかく》いかたち。

ると見《み》え、板壁《いたかべ》の下《した》から半分《はんぶん》ほど銅《どう》のように赭《あか》く光《ひか》っている。それから上《うえ》、天井《てんじょう》へかけてはただ黒《くろ》く竈《かまど》のなかのようである。この室内《しつない》に向《む》けて昼《ひる》もむき出《だ》しのシャンデリアがこうこうと照《て》らしている。その漂白性《ひょうはくせい》の光《ひかり》はこの座敷《ざしき》を洞窟《どうくつ》のように見《み》せるばかりでなく、光《ひかり》は客《きゃく》が箸《はし》で口《くち》からしごく肴《さかな》の骨《ほね》に当《あ》たると、それを白《しろ》の枝珊瑚《えださんご》に見《み》せたり、うずたかい皿《さら》の葱《ねぎ》の白味《しろみ》に当《あ》たると玉質《ぎょくしつ》のものにきらめかしたりする。そのことがまたかえって満座《まんざ》を餓鬼《がき》の饗宴《きょうえん》じみて見《み》せる。一《ひと》つは客《きゃく》たちの食品《しょくひん》に対《たい》する食《た》べ方《かた》がかじかんで、何《なに》か秘密《ひみつ》な食品《しょくひん》にかみつくといった様子《ようす》があるせいかも知《し》れない。

板壁《いたかべ》の一方《いっぽう》には中《ちゅう》くらいの窓《まど》があって棚《たな》が出《で》ている。客《きゃく》のあつらえた食品《しょくひん》は料理場《りょうりば》からここへ差《さ》し出《だ》されるのを給仕《きゅうじ》の小女《こおんな》は客《きゃく》へ運《はこ》ぶ。客《きゃく》からとった勘定《かんじょう》もここへのせる。それらを見張《みは》ったり受《う》け取《と》るために窓《まど》の内側《うちがわ》にななめに帳場格子《ちょうばごうし》をひかえて永《なが》らく女主人《おんなしゅじん》の母親《ははおや》の白《しろ》い顔《かお》が見《み》え

玉質《ぎょくしつ》…きわめて上品《じょうひん》な、良質《りょうしつ》な。
かじかむ…手足《てあし》がこごえて思《おも》い通《どお》りに動《うご》かなくなること。ここでは通常《つうじょう》とはちがうのでいささか戸惑《とまど》い、思《おも》い通《どお》りにならないという意《い》。

た。今《いま》は娘《むすめ》のくめ子《こ》の小麦色《こむぎいろ》の顔《かお》が見《み》える。くめ子《こ》は小女《こおんな》の給仕振《きゅうじぶ》りや客席《きゃくせき》の様子《ようす》を監督《かんとく》するために、ときどき窓《まど》からのぞく。すると学生《がくせい》たちは奇妙《きみょう》な声《こえ》を立《た》てる。くめ子《こ》は苦笑《くしょう》して小女《こおんな》に、
「うるさいから薬味《やくみ》でもたくさん持《も》ってってあてがってやりよ」と命《めい》ずる。

葱《ねぎ》をきざんだのを、薬味箱《やくみばこ》に誇大《こだい》にもったのをおかしさをこらえた顔《かお》の小女《こおんな》が学生《がくせい》たちの席《せき》へ運《はこ》ぶと、学生《がくせい》たちは娘《むすめ》への影響《えいきょう》があった証拠《しょうこ》を、この揮発性《きはっせい》の野菜《やさい》のうずたかさに見《み》て、勝利《しょうり》を感《かん》ずる歓呼《かんこ》をあげる。

くめ子《こ》は七八《しちはち》ケ月《かげつ》ほど前《まえ》からこの店《みせ》に帰《かえ》り病気《びょうき》の母親《ははおや》に代《か》わってこの帳場格子《ちょうばごうし》にすわりはじめた。くめ子《こ》は女学校《じょがっこう》へ通《かよ》っているうちから、この洞窟《どうくつ》のような家《いえ》はいやでいやで仕方《しかた》がなかった。人生《じんせい》の老耄者《ろうもうしゃ》、精力《せいりょく》の消費者《しょうひしゃ》の食餌療法《しょくじりょうほう》をするような家《いえ》の職業《しょくぎょう》にはたえられなかった。

何《なん》で人《ひと》はああもおとろえというものを極度《きょくど》におそれるのだろうか。お

老耄者《ろうもうしゃ》…老《お》いぼれた人《ひと》。
食餌療法《しょくじりょうほう》…食《た》べ物《もの》の内容《ないよう》や分量《ぶんりょう》を調節《ちょうせつ》して、病気《びょうき》の治療等《ちりょうとう》をおこなうこと。
人《ひと》を押《お》しつけがましい…相手《あいて》の気持《きも》ちにかまわず、無理《むり》に押《お》しつけるような。

とろえたらおとろえたままでいいではないか。人《ひと》を押《お》しつけがましいにおいを立《た》て、脂《あぶら》がぎろぎろ光《ひか》って浮《う》く精力《せいりょく》なんというものほど下品《げひん》なものはない。くめ子《こ》は初夏《しょか》の椎《しい》の若葉《わかば》の匂《にお》いをかいでも頭《あたま》がいたくなるような娘《むすめ》であった。椎《しい》の若葉《わかば》よりも葉越《はご》しの空《そら》の夕月《ゆうづき》を愛《あい》した。そういうことは彼女自身《かのじょじしん》かえって若《わか》さに飽満《ほうまん》していたためかも知《し》れない。

店《みせ》の代々《だいだい》のならわしは、男《おとこ》は買《か》い出《だ》しや料理場《りょうりば》を受《う》け持《も》ち、嫁《よめ》か娘《むすめ》が帳場《ちょうば》を守《まも》ることになっている。そして自分《じぶん》は一人娘《ひとりむすめ》である以上《いじょう》、いずれは平凡《へいぼん》な婿《むこ》を取《と》って、一生《いっしょう》この餓鬼窟《がきくつ》の女番人《おんなばんにん》にならなければなるまい。それを忠実《ちゅうじつ》に勤《つと》めてきた母親《ははおや》の、家職《かしょく》のためにあの無性格《むせいかく》にまでさらされてしまったたよりない様子《ようす》、能《のう》の小面《こおもて》のように白《しろ》さと鼠色《ねずみいろ》の陰影《いんえい》だけの顔《かお》。やがて自分《じぶん》もそうなるのかと思《おも》うと、くめ子《こ》は身《み》ぶるいが出《で》た。

くめ子《こ》は、女学校《じょがっこう》を出《で》たのを機会《きかい》に、家出同様《いえでどうよう》にして、職業婦人《しょくぎょうふじん》の道《みち》をたどった。彼女《かのじょ》はその三年間《ねんかん》、何《なに》をしたか、どういう生活《せいかつ》をしたかい

帳場《ちょうば》を守《まも》る…金銭《きんせん》の勘定《かんじょう》をまかされること。
餓鬼窟《がきくつ》…亡者《もうじゃ》の巣窟《そうくつ》。餓鬼《がき》は悪業《あくごう》の報《むく》いで飢渇《きかつ》に苦《くる》しむ死者《ししゃ》のこと。まったく自分《じぶん》の意志《いし》に反《はん》した、嫌悪《けんお》すべき亡者《もうじゃ》の巣窟《そうくつ》のような店《みせ》の意《い》。

っさい語《かた》らなかった。自宅《じたく》へは寄寓《きぐう》のアパートから葉書《はが》きぐらいで文通《ぶんつう》していた。くめ子《こ》が自分《じぶん》で想《おも》い浮《う》かべるのは、三年《ねん》の間《あいだ》、蝶々《ちょうちょう》のようにはなやかな職場《しょくば》の上《うえ》をひらめいて飛《と》んだり、男《おとこ》の友《とも》だちと蟻《あり》の挨拶《あいさつ》のように触角《しょっかく》をふれあわしたりした、ただそれだけだった。それは夢《ゆめ》のようでもあり、いつまでたっても同《おな》じくりかえしばかりであきあきしても感《かん》じられた。

母親《ははおや》が病気《びょうき》で永《なが》い床《とこ》につき、親類《しんるい》によびもどされて家《いえ》に帰《かえ》ってきた彼女《かのじょ》は、だれの目《め》にもただ育《そだ》っただけで別《べっ》に変《か》わったところは見《み》えなかった。母親《ははおや》が、

「今《いま》まで、何《なに》をしておいでだった」

ときくと、彼女《かのじょ》は、

「えへへへん」と苦《く》もなげに笑《わら》った。

その返事振《へんじぶ》りにはもうその先《さき》、いどみかかれない微風《びふう》のような調子《ちょうし》が

寄寓《きぐう》…他人《たにん》の家《いえ》に身《み》をよせること。

あった。また、それを押《お》してきき進《すす》むような母親《ははおや》でもなかった。

「おまえさん、あしたから、お帳場《ちょうば》をたのみますよ」

といわれて、彼女《かのじょ》はまた、

「えへへん」と笑《わら》った。もっとも昔《むかし》から、肉親同志《にくしんどうし》で心情《しんじょう》を打《う》ち明《あ》けたり、真面目《まじめ》な相談《そうだん》は何《なん》となく双方《そうほう》がテレてしまうような家《いえ》のなかの空気《くうき》があった。

くめ子《こ》は、多少《たしょう》あきらめのようなものができて、今度《こんど》はあまりいやがらないで帳場《ちょうば》を勤《つと》めだした。

押《お》しせまった暮《く》れ近《ちか》い日《ひ》である。風《かぜ》が坂道《さかみち》の砂《すな》を吹《ふ》きはらって凍《い》て乾《かわ》いた土《つち》へ下駄《げた》の歯《は》が無慈悲《むじひ》に突《つ》き当《あ》てる。その音《おと》が髪《かみ》の毛《け》の根元《ねもと》に一本《いっぽん》ずつひびくといったような寒《さむ》い晩《ばん》になった。坂《さか》の上《うえ》の交叉点《こうさてん》からの電車《でんしゃ》のきしる音《おと》が前《まえ》の八幡宮《はちまんぐう》の境内《けいだい》の木立《こだち》のざわめく音《おと》と、風《かぜ》の工合《ぐあい》でまじりながら耳元《みみもと》へつかんで投《な》げつけられるようにも、また、遠《とお》くで盲人《もうじん》がつぶやいているようにも聞《き》こえたりした。もし坂道《さかみち》へ出《で》てながめたら、たぶん下町《したまち》の灯《ひ》は冬《ふゆ》の海《うみ》のいさり火《び》のように明滅《めいめつ》しているだろうとくめ子《こ》は思《おも》った。

客一人帰《きゃくひとりかえ》ったあとの座敷《ざしき》のなかは、シャンデリアを包《つつ》んで煮《に》つまったものの匂《にお》いと煙草《たばこ》の煙《けむり》とがもうもうとしている。小女《こおんな》と出前持《でまえも》ちの男《おとこ》は、鍋火鉢《なべひばち》の残《のこ》り火《び》を石《いし》の炉《ろ》に集《あつ》めて、あたっている。くめ子《こ》は何《なん》となく心《こころ》にしみこむものがあるような晩《ばん》なのをいやに思《おも》い、つとめて気《き》が軽《かる》くなるようにファッション雑誌《ざっし》や映画会社《えいがかいしゃ》の宣伝雑誌《せんでんざっし》の頁《ページ》をくっていた。店《みせ》を看板《かんばん》にする十時《じ》までにはまだ一時間以上《じかんいじょう》ある。もうたいして客《きゃく》も来《こ》まい。店《みせ》をしめてしまおうかと思《おも》っているところへ、年少《ねんしょう》の出前持《でまえも》ちが寒《さむ》そうに帰《かえ》ってきた。

「お嬢《じょう》さん、裏《うら》の路地《ろじ》を通《とお》ると徳永《とくなが》が、また註文《ちゅうもん》しましたぜ、ご飯《はん》つき

いさり火《び》…漁火《いさりび》。夜《よる》、魚《さかな》を漁船《ぎょせん》の方《ほう》へさそいよせるために焚《た》く火《ひ》。

店《みせ》を看板《かんばん》にする…その日《ひ》の営業《えいぎょう》を終《お》えること。店《みせ》を閉《し》める。

でどじょう汁一人前《じるいちにんまえ》。どうしましょう」

退屈《たいくつ》してことあれかしと待《ま》ちかまえていた小女《こおんな》は顔《かお》を上《あ》げた。

「そうとう、図々《ずうずう》しいわね。百円以上《ひゃくえんいじょう》もカケをこしらえてさ。一文《もん》もはらわずに、また――」

そして、これに対《たい》してお帳場《ちょうば》はどういう態度《たいど》を取《と》るかと窓《まど》のなかをのぞいた。

「困《こま》っちまうねえ。でもおっかさんの時分《じぶん》から、いいなりに貸《か》してやることにしているんだから、今日《きょう》もまあ、持《も》ってっておやりよ」

すると炉《ろ》にあたっていた年長《ねんちょう》の出前持《でまえも》ちが今夜《こんや》にかぎって頭《あたま》をもたげていった。

「そりゃいけませんよお嬢《じょう》さん。暮《く》れですからこの辺《へん》で一度《いちど》かたをつけなくちゃ。また来年《らいねん》も、ずるずるべったりですぞ」

この年長《ねんちょう》の出前持《でまえも》ちは店《みせ》の者《もの》の指導者格《しどうしゃかく》で、その意見《いけん》は相当《そうとう》とりあげ

ことあれかし…何《なに》か起《お》こってほしい、と強《つよ》く思《おも》うこと。
カケ…掛売《かけう》り（現金《げんきん》でなく、後日《ごじつ》に支払《しはら》いを約束《やくそく》した金《かね》）のこと。つけ。
かたをつける…きまりをつける。ここではカケを清算《せいさん》してもらうこと。

てやらねばならなかった。で、くめ子《こ》も「じゃ、ま、そうしよう」ということになった。

ゆで出《だ》しうどん、いいで狐南蛮《きつねなんばん》をこしらえたものが料理場《りょうりば》から丼《どんぶり》にもられて、お夜食《やしょく》に店方《みせかた》の者《もの》に割《わ》りふられた。くめ子《こ》もその一《ひと》つを受《う》け取《と》って、熱《あっ》い湯気《ゆげ》を吹《ふ》いている。このお夜食《やしょく》を食《た》べ終《お》わるころ、火《ひ》の番《ばん》がまわってきて、拍子木《ひょうしぎ》が表《おもて》の薄硝子《うすガラス》の障子《しょうじ》にひびけば看板《かんばん》、時間《じかん》まえでも表戸《おもてど》をおろすことになっている。

そこへ、草履《ぞうり》の音《おと》がぴたぴたと近《ちか》づいてきて、表障子《おもてしょうじ》がしずかに開《ひら》いた。

徳永老人《とくながろうじん》の髯《ひげ》の顔《かお》がのぞく。

「今晩《こんばん》は、どうも寒《さむ》いな」

店《みせ》の者《もの》たちは知《し》らん振《ふ》りをする。老人《ろうじん》はちょっとみんなの気配《けはい》をうかがったが、心配《しんぱい》そうな、ずるそうな小声《こごえ》で、

「あの——註文《ちゅうもん》の——ご飯《はん》つきのどじょう汁《じる》はまだで——」

と首《くび》をかがめてきいた。

註文《ちゅうもん》を引《ひ》き受《う》けてきた出前持《でまえも》ちは、多少間《たしょうま》の悪《わる》い面持《おもも》ちで、

「お気《き》の毒《どく》さまですが、もう看板《かんばん》だったので」

といいかけるのを、年長《ねんちょう》の出前持《でまえも》ちはぐっとにらめてあごで指図《さしず》をする。

「正直《しょうじき》なとこをいってやれよ」

そこで年少《ねんしょう》の出前持《でまえも》ちは何分《なにぶん》にも、一回《かい》、わずかずつの金高《かねだか》が、積《つ》もり積《つ》もって百円以上《ひゃくえんいじょう》にもなったからは、この際《さい》、若干《じゃっかん》でも入金《にゅうきん》してもらわないと店《みせ》でも年末《ねんまつ》の決算《けっさん》に困《こま》ると説明《せつめい》した。

「それに、お帳場《ちょうば》も先《さき》とちがって今《いま》はお嬢《じょう》さんが取《と》り締《しま》っているんですから」

するとと老人《ろうじん》は両手《りょうて》を神経質《しんけいしつ》にこすりあわせて、

「はあ、そういうことになりましてすかな」

と小首《こくび》をかたむけていたが、

「とにかく、ひどく寒《さむ》い。一《ひと》つ入《い》れていただきましょうかな」

といって、表障子《おもてしょうじ》をがたがたいわして入《はい》ってきた。

小女《こおんな》は座布団《ざぶとん》も出《だ》してはやらないので、冷《つめ》たい籐畳《とうだたみ》の広《ひろ》いまん中《なか》にたった一人《ひとり》すわった老人《ろうじん》はさびしげに、そして審《さば》きを待《ま》つ罪人《ざいにん》のように見《み》えた。着《き》ぶくれてはいるが、大《おお》きな体格《たいかく》はあまり丈夫《じょうぶ》ではないらしく、左《ひだり》の手《て》をくせにして内懐《うちぶところ》へ入《い》れ、肋骨《ろっこつ》の辺《へん》をおさえている。純白《じゅんぱく》になりかけの髪《かみ》を総髪《そうはつ》になでつけ、立派《りっぱ》な目鼻立《めはなだ》ちの、それがあまりに整《ととの》いすぎているので薄倖《はっこう》を想《おも》わせる顔《かお》つきの老人《ろうじん》である。その儒者風《じゅしゃふう》な顔《かお》に引《ひ》き較《くら》べて、よれよれの角帯《かくおび》に前垂《まえだ》れをかけ、すわった着物《きもの》のすそから浅《あさ》黄色《ぎいろ》の股引《ももひき》をのぞかしている。コールテンの黒足《くろた》袋《び》をはいているのまでつりあわない。

老人《ろうじん》は娘《むすめ》のいる窓《まど》や店《みせ》の者《もの》に向《む》かって、はじめのうちはしきりに世間《せけん》

総髪《そうはつ》…男《おとこ》の髪型《かみがた》のひとつ。髪《かみ》をすべて後《うし》ろへなでつけて垂《た》れさげたもの。

儒者風《じゅしゃふう》…道学者《どうがくしゃ》（道《みち》を教《おし》えさとす者《もの》）のような。

コールテン…ビロードに似《に》た光沢《こうたく》のある布地《ぬのじ》の織物《おりもの》のこと。コーデュロイ。

の不況《ふきょう》、自分《じぶん》の職業《しょくぎょう》の彫金《ちょうきん》の需要《じゅよう》されないことなどを鹿爪《しかつめ》らしく述《の》べ、したがって勘定《かんじょう》もはらえなかったいいわけをくどくどと述《の》べる。だがそのいいわけを強調《きょうちょう》するために自分《じぶん》の仕事《しごと》の性質《せいしつ》の奇稀性《ききせい》について話《はなし》を向《む》けてくると、老人《ろうじん》は急《きゅう》に傲然《ごうぜん》として熱《ねつ》を帯《お》びてくる。

作者《さくしゃ》はこの老人《ろうじん》がこの夜《よ》にかぎらず時々《ときどき》得意《とくい》とも慨嘆《がいたん》ともつかない気《き》分《ぶん》の表象《ひょうしょう》としてする仕方話《しかたばなし》のポーズをここに紹介《しょうかい》する。

「わしのやる彫金《ちょうきん》は、ほかの彫金《ちょうきん》とちがって、片切彫《かたきりぼ》りというのでな。いったい彫金《ちょうきん》というものは、金《かね》で金《かね》をきる術《わざ》で、なまやさしい芸《げい》ではないな。精神《せいしん》の要《い》るもので、毎日《まいにち》どじょうでも食《く》わにゃまったく続《つづ》くことではない」

老人《ろうじん》もよく老名工《ろうめいこう》などにありがちな、語《かた》る目的《もくてき》より語《かた》るそのことにわれを忘《わす》れて、どんな場合《ばあい》にでもエゴイスチックに一席《いっせき》の独演《どくえん》をするくせがある。老人《ろうじん》がなおも自分《じぶん》のやる片切彫《かたきりぼ》りというものを説明《せつめい》するところ

鹿爪《しかつめ》らしく…かた苦《くる》しく形式《けいしき》ばって。もっともらしく。
奇稀性《ききせい》…ほかにはなく、ひじょうに稀《まれ》であること。
仕方話《しかたばなし》…身《み》ぶりや手《て》まねを加《くわ》えてする話《はなし》。

を聞《き》くと、元禄《げんろく》の名工《めいこう》、横谷宗眠《よこやそうみん》、中興《ちゅうこう》の芸《げい》であって、剣道《けんどう》でいえば一本勝負《ぼんしょうぶ》であることを得意《とくい》になっていいだした。

老人《ろうじん》は左《ひだり》の手《て》に鏨《たがね》を持《も》ち右《みぎ》の手《て》に槌《つち》を持《も》つ形《かたち》をした。体《からだ》を定《さだ》めて、鼻《はな》から深《ふか》く息《いき》を吸《す》い、下腹《したはら》へ力《ちから》をこめた。それは単《たん》に仕方《しかた》を示《しめ》す真似事《まねごと》にはすぎないが、さすがにぴたりと形《かたち》は決《き》まった。柔軟性《じゅうなんせい》はあるが押《お》せども引《ひ》けどもこわれない自然《しぜん》の原則《げんそく》のようなものが形《かたち》から感《かん》ぜられる。出《で》前持《まえも》ちも小女《こおんな》も老人《ろうじん》の気配《けはい》から引《ひ》きしめられるものがあって、炉《ろ》から身体《からだ》を引《ひ》き起《お》こした。

老人《ろうじん》はおごそかなその形《かたち》を一度《いちど》くずして、へへへんと笑《わら》った。

「普通《ふつう》の彫金《ちょうきん》なら、こんなにしても、また、こんなにしても、そりゃ小《こ》手先《てさき》でも彫《ほ》れるがな」

今度《こんど》は、この老人《ろうじん》は落語家《らくごか》でもあるように、ほんの二《ふた》つの手首《てくび》のひねり方《かた》と背《せ》のかがめ方《かた》で、鏨《たがね》と槌《つち》をあやつる恰好《かっこう》のいいぎたなさとあさまし

中興《ちゅうこう》の芸《げい》…一度《いちど》おとろえたものをふたたび復興《ふっこう》させた芸《げい》。
鏨《たがね》…彫金《ちょうきん》（金属《きんぞく》の工作《こうさく》）に使用《しよう》する、のみのこと。
いぎたなさ…だらしないこと。

さを誇張《こちょう》して相手《あいて》に受《う》け取《と》らせることに巧《たく》みであった。出前持《でまえも》ちも小女《こおんな》もくすくすと笑《わら》った。

「しかし、片切彫《かたきりぼ》りになりますと――」

老人《ろうじん》は、再《ふたた》び前《まえ》の堂々《どうどう》たる姿勢《しせい》にもどった。瞑目《めいもく》した眼《め》をおもむろに開《ひら》くと、青蓮華《あおれんげ》のような切《き》れのするどい眼《め》から濃《こ》い瞳《ひとみ》はしずかに、ななめにそそがれた。左《ひだり》の手《て》をぴたりと一《ひと》ところにとどめ、右《みぎ》の腕《うで》を肩《かた》のつけ根《ね》からいっぱいにのばして、のびた腕《うで》をそのまま、肩《かた》のつけ根《ね》だけで動《うご》かして右《みぎ》の上空《じょうくう》より大《おお》きな弧《こ》を描《えが》いて、その槌《つち》の拳《こぶし》は、鏨《たがね》の手《て》の拳《こぶし》に打《う》ちおろされる。窓《まど》からのぞいているくめ子《こ》は、かつて学校《がっこう》で見《み》た石膏《せっこう》模造《もぞう》の希臘彫刻《ギリシャちょうこく》の円盤投《えんばんな》げの青年像《せいねんぞう》が、その円盤《えんばん》をさしはさんだ右腕《みぎうで》を人間《にんげん》の肉体機構《にくたいきこう》の最極限《さいきょくげん》の度《ど》にまでさしのばした、その若《わか》く引《ひ》きしまった美《うつく》しい腕《うで》をちらりと思《おも》いうかべた。老人《ろうじん》の打《う》ちおろす発矢《はっし》とした勢《いきお》いには、破壊《はかい》のにくしみと創造《そうぞう》のよろこびとが一《ひと》つになって絶叫《ぜっきょう》している

あさましさ…心《こころ》がいやしいこと。
瞑目《めいもく》…目《め》を閉《と》じること。
発矢《はっし》…言葉《ことば》や発言《はつげん》などがひじょうにはきはきしているさま。

ようである。その速力《そくりょく》には悪魔《あくま》のものか善神《ぜんしん》のものか見《み》わけがたい人間《にんげん》ばなれのした性質《せいしつ》がある。見《み》るものに無限《むげん》を感《かん》じさせる天体《てんたい》の軌道《きどう》のような弧線《こせん》を描《えが》いて上下《じょうげ》する老人《ろうじん》の槌《つち》の手《て》は、しかしながら、鏨《たがね》の手《て》にまでとどこうとする一刹那《いっせつな》に、定《さだ》まった距離《きょり》でぴたりと止《と》まる。そこに何《なに》か歯止機《はどめき》があるようでもある。芸《げい》のしつけというものであろうか。老人《ろうじん》はこれを五六《ごろっ》ぺんくりかえしてから、体《からだ》をほぐした。

「みなさん、おわかりになりましたか」

という。「ですから、どじょうでも食《く》わにゃやりきれんのですよ」

実《じっ》はこの一《ひと》くさりの老人《ろうじん》の仕方《しかた》は毎度《まいど》のことである。これが始《はじ》まると店《みせ》のなかであることも、東京《とうきょう》の山《やま》の手《て》であることもしばらく忘《わす》れて店《みせ》の者《もの》は、快《こころよ》い危機《きき》と常規《じょうき》のある奔放《ほんぽう》の感触《かんしょく》に心《こころ》をうばわれる。あらためて老人《ろうじん》の顔《かお》を見《み》る。だが老人《ろうじん》の真摯《しんし》な話《はなし》が結局《けっきょく》どじょうのことに落《お》ちてくるのでどっと笑《わら》う。きまり悪《わる》くなったのを押《お》し包《つつ》んで老人《ろうじん》は「また、こ

歯止機《はどめき》…ブレーキの昔《むかし》のいい方《かた》。

一《ひと》くさり…一部分《いちぶぶん》。一段落《いちだんらく》。転《てん》じて、ある話題《わだい》についてひとしきり話《はな》すこと。

の鏨《たがね》の刃尖《はさき》の使《つか》い方《かた》には陰《いん》と陽《よう》とあってな――」と工人《こうじん》らしい自負《じふ》の態《たい》度《ど》を取《と》りもどす。牡丹《ぼたん》は牡丹《ぼたん》の妖艶《ようえん》ないのち、唐獅子《からじし》の豪宕《ごうとう》ないのちをこの二《ふた》つの刃《は》ざわりの使《つか》い方《かた》で刻《きざ》み出《だ》す技術《ぎじゅつ》の話《はなし》にかかった。そして、この芸《げい》によって生《い》きたものを硬《かた》い板金《いたがね》の上《うえ》へ産《う》み出《だ》してくる過程《かてい》のいかに味《あじ》のあるものか、老人《ろうじん》は身振《みぶ》りを増《ま》して、したたるものの甘《あま》さをするとろりとした眼《め》つきをして語《かた》った。それは工人自身《こうじんじしん》だけのたのしみに淫《いん》したものであって、店《みせ》の者《もの》はうんざりした。だがそういうことのあとで店《みせ》の者《もの》はこの辺《へん》が切《き》り上《あ》がらせどきと思《おも》って、

「じゃまあ、今夜《こんや》だけとどけます。帰《かえ》って待《ま》っといでなさい」

といって老人《ろうじん》を送《おく》り出《だ》してから表戸《おもてど》をおろす。

ある夜《よ》も、風《かぜ》の吹《ふ》く晩《ばん》であった。夜番《よばん》の拍子木《ひょうしぎ》が過《す》ぎ、店《みせ》の者《もの》は表戸《おもてど》をおろして湯《ゆ》に出《で》かけた。そのあとを見《み》すましでもしたかのように、老《ろう》人《じん》は、そっとくぐり戸《ど》を開《あ》けて入《はい》ってきた。

妖艶《ようえん》…なまめかしくあでやかなこと。
豪宕《ごうとう》…気性《きしょう》が雄大《ゆうだい》で小事《しょうじ》にかかわらないこと。豪放《ごうほう》に同《おな》じ。
淫《いん》する…度《ど》をこして熱中《ねっちゅう》する。

老人《ろうじん》は娘《むすめ》のいる窓《まど》に向《む》かってすわった。広《ひろ》い座敷《ざしき》で窓《まど》一《ひと》つに向《む》かった老人《ろうじん》の上《うえ》にもしばらく、手持《ても》ち無沙汰《ぶさた》な深夜《しんや》の時《とき》が流《なが》れる。老人《ろうじん》は今夜《こんや》は決意《けつい》にみちた、しおしおとした表情《ひょうじょう》になった。

「若《わか》いうちから、このどじょうというものはわしの虫《むし》が好《す》くのだった。この身体《からだ》のしんを使《つか》う仕事《しごと》には始終《しじゅう》、おぎないのつく食《く》いものをとらねば業《なり》が続《つづ》かん。そのほかにも、うらぶれて、この裏長屋《うらながや》に住《す》みついてから二十年《ねん》あまり、やもめ暮《ぐ》らしのどんなわびしいときでも、苦《くる》しいときでも、柳《やなぎ》の葉《は》に尾《お》びれの生《は》えたようなあの小魚《こざかな》は、みょうにわしに食《く》いもの以上《いじょう》の馴染《なじ》みになってしまった」

老人《ろうじん》はかき口説《くど》くようにいろいろのことを前後《ぜんご》なくしゃべりだした。人《ひと》にねたまれ、さげすまれて、心《こころ》が魔王《まおう》のようにたけりたつときでも、あの小魚《こざかな》を口《くち》にふくんで、前歯《まえば》でぽきりぽきりと、頭《あたま》から骨《ほね》ごとに少《すこ》しずつかみつぶしてゆくと、うらみはそこへ移《うつ》って、どこともなくやさし

虫《むし》が好《す》く…なんとなく気《き》に入《い》る。
やもめ暮《ぐ》らし…妻子《さいし》もなく、ひとり者《もの》で暮《く》らすこと。

い涙《なみだ》がわいてくることもいった。

「食《く》われる小魚《こざかな》も可哀《かわい》そうになれば、食《く》うわしも可哀《かわい》そうだ。だれも彼《かれ》もいじらしい。ただ、それだけだ。女房《にょうぼう》はたいしてほしくない。だが、いたいけなものはほしい。いたいけなものがほしいときもあの小魚《こざかな》の姿《すがた》を見《み》ると、どうやらせつない心《こころ》も止《と》まる」

老人《ろうじん》はついに懐《ふところ》からタオルのハンケチを取《と》り出《だ》して鼻《はな》をすすった。「娘《むすめ》のあなたを前《まえ》にしてこんなことをいうのはあてつけがましくはあるが」と前置《まえお》きして「こちらのおかみさんはもののわかった方《かた》でした。以前《いぜん》にもわしが勘定《かんじょう》のとどこおりに気《き》をつまらせ、おずおず夜《よる》、おそく、このようにしてたびたびいいわけに来《き》ました。すると、おかみさんは、ちょうどあなたのいられるその帳場《ちょうば》に大儀《たいぎ》そうにほおづえついていられたが、少《すこ》し窓《まど》の方《ほう》へ顔《かお》をのぞかせていわれました。徳永《とくなが》さん、どじょうがほしかったら、いくらでもあげますよ。決《けっ》して心配《しんぱい》なさるな。その代《か》わり、

もののわかった…世事《せじ》に通《つう》じていて、人《ひと》の心《こころ》やものごとの道理《どうり》をよくわきまえた。
大儀《たいぎ》そう…ここでは、くたびれてだるそうの意《い》。

おまえさんが、一心《いっしん》うちこんでこれぞと思《おも》った品《しな》ができたら勘定《かんじょう》の代《か》わりなり、またわたしから代金《だいきん》を取《と》るなりしてわたしにおくれ。それでいいのだよ。ほんとにそれでいいのだよと、くりかえしていってくださった」 老人《ろうじん》はまた鼻《はな》をすすった。

「おかみさんはそのときまだ若《わか》かった。早《はや》く婿取《むこと》りされて、ちょうど、あなたぐらいな年《とし》ごろだった。気《き》の毒《どく》に、その婿《むこ》は放蕩者《ほうとうもの》で家《いえ》を外《そと》に四《よっ》谷《や》、赤坂《あかさか》と浮《う》き名《な》を流《なが》してまわった。おかみさんは、それをじっとこらえ、その帳場《ちょうば》から一足《ひとあし》も動《うご》きなさらんかった。たまには、人《ひと》にすがりつきたいせつないかぎりの様子《ようす》も窓越《まどご》しに見《み》えました。そりゃそうでしょう。人間《にんげん》は生身《なまみ》ですから、そうむざむざ冷《つめ》たい石《いし》になることもむずかしい」

徳永《とくなが》もその時分《じぶん》は若《わか》かった。若《わか》いおかみさんが、生《い》き埋《う》めになってゆくのを見《み》かねた。正直《しょうじき》のところ、窓《まど》の外《そと》へ強引《ごういん》に連《つ》れ出《だ》そうかと思《おも》った

放蕩者《ほうとうもの》…酒色《しゅしょく》におぼれて品行《ひんこう》がおさまらない者《もの》。
浮《う》き名《な》を流《なが》す…自分《じぶん》の悪《わる》いうわさ（とくに男女間《だんじょかん》の問題《もんだい》、今《いま》でいうゴシップ）が、世間《せけん》に広《ひろ》く知《し》れわたること。

ことも一度《いちど》ならずあった。それと反対《はんたい》に、こんななかば木乃伊《ミイラ》のような女《おんな》に引《ひ》っかかって、自分《じぶん》の身《み》をどうするのだ。そう思《おも》って逃《に》げ出《だ》しかけたこともたびたびあった。だが、おかみさんの顔《かお》をつくづく見《み》るとどちらの力《ちから》も失《う》せた。おかみさんの顔《かお》はいっていた――自分《じぶん》がもしあやまちでもしでかしたら、むくいてもむくいても取《と》り返《かえ》しのつかない悔《く》いがこの家《いえ》から永遠《えいえん》に課《か》されるだろう、もしまた、世《よ》の中《なか》にだれ一人《ひとり》、自分《じぶん》になぐさめ手《て》がなくなったら自分《じぶん》はすぐ灰《はい》のように崩《くず》れたおれるであろう――

「せめて、いのちの息吹《いぶ》きを、回春《かいしゅん》の力《ちから》を、わしはわしの芸《げい》によって、この窓《まど》から、だんだん化石《かせき》してゆくおかみさんに差《さ》し入《い》れたいと思《おも》った。わしはわしの身《み》のしんをゆり動《うご》かして鏨《たがね》と槌《つち》を打《う》ちこんだ。それには片《かた》切彫《きりぼ》りにしくものはない」

おかみさんをなぐさめたさもあって骨折《ほねお》るうちに知《し》らず知《し》らず徳永《とくなが》は明治《めいじ》の名匠《めいしょう》加納夏雄《かのうなつお》以来《いらい》の伎倆《ぎりょう》をきたえたといった。

回春《かいしゅん》…老人《ろうじん》が若返《わかがえ》ること。
伎倆《ぎりょう》…うでまえ。

だが、いのちが刻《きざ》み出《で》たほどの作《さく》は、そう数多《かずおお》くできるものではない。徳永《とくなが》は百《ひゃく》に一《ひと》つをおかみさんに献《けん》じて、これに次《つ》ぐ七八《しちはち》を売《う》って生活《せいかつ》の資《もと》にした。あとの残《のこ》りは気《き》に入《い》らないといって彫《ほ》りかけの材料《ざいりょう》をみな鋳《い》直《なお》した。「おかみさんは、わしが差《さ》し上《あ》げた簪《かんざし》を頭《あたま》にさしたり、ぬいてながめたりされた。そのときは生々《なまなま》しく見《み》えた」だが徳永《とくなが》は永遠《えいえん》に隠《かく》れた名工《めいこう》である。それは仕方《しかた》がないとしても、歳月《さいげつ》はむごいものである。

「はじめは高島田《たかしまだ》にもさせるような大平打《おおひらう》ちの銀簪《ぎんかんざし》にやなぎ桜《ざくら》と彫《ほ》ったものが、丸髷用《まるまげよう》の玉《たま》かんざしのまわりに夏菊《なつぎく》、ほととぎすを彫《ほ》るようになり、細《ほそ》づくりの耳《みみ》かきかんざしに糸萩《いとはぎ》、女郎花《おみなえし》を毛彫《けぼ》りで彫《ほ》るようになっては、もうたいして彫《ほ》るせきもなく、いちばんしまいに彫《ほ》って差《さ》し上《あ》げたのは二三年《にさんねん》まえの古風《こふう》な一本足《いっぽんあし》のかんざしの頸《くび》に友呼《ともよ》ぶ千鳥一羽《ちどりいちわ》のものだった。もうまったく彫《ほ》るせきはない」

こういって徳永《とくなが》はまったくたくたりとなった。そして「実《じつ》を申《もう》すと、勘《かん》

丸髷《まるまげ》…嫁《とつ》いだ女性《じょせい》の髪《かみ》の結《ゆ》い方《かた》。

せき…物事《ものごと》をみごとになしとげる技術《ぎじゅつ》。また、その勢《いきお》い。績《せき》。

定《じょう》をおはらいする目当《めあ》てはわしにもうありませんのです。身体《からだ》も弱《よわ》りました。仕事《しごと》の張《は》る気《き》も失《う》せました。永《なが》いこともないおかみさんは簪《かんざし》はもう要《い》らんでしょうし。ただただ永年夜食《ながねんやしょく》として食《た》べなれたどじょう汁《じる》と飯一椀《めしひとわん》、わしはこれをとらんと冬《ふゆ》のひと夜《よ》をしのぎかねます。朝《あさ》までに身体《からだ》が凍《こご》えしびれる。わしら彫金師《ちょうきんし》は、一《ひと》たがね一期《いちご》です。明日《あす》のことは考《かんが》えんです。あなたが、おかみさんの娘《むすめ》ですなら、今夜《こんや》も、あの細《ほそ》い小魚《こざかな》を五六《ごろっ》ぴきめぐんでいただきたい。死《し》ぬにしてもこんな霜枯《しもが》れた夜《よる》はいやです。今夜《こんや》、一夜《ひとよ》は、あの小魚《こざかな》のいのちをぽちりぽちりわしの骨《ほね》の髄《ずい》にかみこんで生《い》きのびたい――」

徳永《とくなが》が嘆願《たんがん》する様子《ようす》は、アラブ族《ぞく》が落日《らくじつ》に対《たい》して拝《はい》するように心《こころ》もち顔《かお》を天井《てんじょう》に向《む》け、狛犬《こまいぬ》のようにうずくまり、哀訴《あいそ》の声《こえ》を呪文《じゅもん》のように唱《とな》えた。

くめ子《こ》は、われとしもなく帳場《ちょうば》を立《た》ち上《あ》がった。みょうなものに酔《よ》わ

一《ひと》たがね一期《いちご》…鏨《たがね》をもつ（彫金《ちょうきん》で生《い》きる）よりほかに何《なに》もできないの意《い》。
霜枯《しもが》れた…霜《しも》にあって草木《くさき》が枯《か》れしぼむこと。たいへん寒《さむ》いの意《い》。
哀訴《あいそ》の声《こえ》…同情《どうじょう》を求《もと》めてうったえる声《こえ》。

された気持《きも》ちでふらりふらり料理場《りょうりば》に向《む》かった。料理人《りょうりにん》はひきあげてだれもいなかった。生洲《いけす》に落《お》ちる水《みず》のしたたりだけがきこえる。

くめ子《こ》は、一《ひと》つだけひねってある電灯《でんとう》の下《した》を見《み》まわすと、大鉢《おおばち》にふたがしてある。ふたを取《と》ると明日《あす》の仕込《しこ》みにどじょうは生酒《きざけ》につけてある。まだ、よろりよろり液体《えきたい》の表面《ひょうめん》へ頭《あたま》を突《つ》き上《あ》げているのもある。日《ひ》ごろは見《み》るのもいやだと思《おも》ったこの小魚《こざかな》が今《いま》は親《した》しみやすいものに見《み》える。くめ子《こ》は、小麦色《こむぎいろ》の腕《うで》をまくって、一ぴき二ひきと、柄鍋《えなべ》のなかへ移《うつ》す。にぎった指《ゆび》のなかで小魚《こざかな》はたまさかうごめく。すると、その顫動《せんどう》が電波《でんぱ》のように心《こころ》に伝《つた》わって刹那《せつな》に不思議《ふしぎ》な意味《いみ》が仄《ほの》かにささやかれる――いのちの呼応《こおう》。

くめ子《こ》は柄鍋《えなべ》に出汁《だし》と味噌汁《みそしる》とを注《そそ》いで、ささがし牛蒡《ごぼう》をつまみ入《い》れる。瓦斯《ガス》こんろでかき立《た》てた。くめ子《こ》は小魚《こざかな》が白《しろ》い腹《はら》を浮《う》かして熱《あつ》くできあがった汁《しる》を朱塗《しゅぬ》りの大椀《おおわん》にもった。山椒《さんしょう》一《ひと》つまみふたのとってに乗《の》

（101ページ）**われとしもなく**…自分《じぶん》の意志《いし》などではなく。

柄鍋《えなべ》…柄《え》（手《て》でにぎる部分《ぶぶん》）のついた鍋《なべ》。

顫動《せんどう》…ふるえ動《うご》くこと。

せて、飯櫃《めしびつ》といっしょに窓《まど》から差《さ》し出《だ》した。

「ご飯《はん》はいくらか冷《つめ》たいかも知《し》れないわよ」

老人《ろうじん》は見栄《みえ》も外聞《がいぶん》もないよろこび方《かた》で、コールテンの足袋《たび》の裏《うら》をはねあげて受《う》け取《と》り、仕出《しだ》しの岡持《おかも》ちを借《か》りて大事《だいじ》になかへ入《い》れると、くぐり戸《ど》を開《あ》けて盗人《ぬすびと》のように姿《すがた》を消《け》した。

不治《ふじ》の癌《がん》だと宣告《せんこく》されてからかえって長《なが》い病床《びょうしょう》の母親《ははおや》は急《きゅう》に機嫌《きげん》よくなった。やっと自儘《じまま》にできる身体《からだ》になれたといった。早春《そうしゅん》の日向《ひなた》に床《とこ》をひかせて起《お》き上《あ》がり、食《た》べたいと思《おも》うものをあれやこれや食《た》べながら、くめ子《こ》に向《む》かって生涯《しょうがい》にめずらしく親身《しんみ》な調子《ちょうし》でいった。

「みょうだね、この家《いえ》は、おかみさんになるものは代々亭主《だいだいていしゅ》に放蕩《ほうとう》されるんだがね。あたしのお母《かあ》さんも、それからお祖母《ばあ》さんもさ。はじかきっちゃないよ。だが、そこをじっと辛抱《しんぼう》してお帳場《ちょうば》にかじりついている

岡持《おかも》ち…出前《でまえ》などで食《た》べ物《もの》を入《い》れて持《も》ち運《はこ》ぶために、持《も》ち手《て》とふたのついた容器《ようき》。現在《げんざい》は箱型《はこがた》のものが多《おお》いが、昔《むかし》は平《ひら》たい桶《おけ》だった。

と、どうにか暖簾《のれん》もかけつづけていけるし、それとまたみょうなもので、だれか、いのちをこめてなぐさめてくれるものができるんだね。お母《かあ》さんにもそれがあったし、お祖母《ばあ》さんにもそれがあった。だから、おまえにもいっとくよ。おまえにももしそんなことがあっても決《けっ》して落胆《らくたん》おしでないよ。今《いま》からいっとくが――」

　母親《ははおや》は、死《し》ぬ間際《まぎわ》に顔《かお》がきたないといって、お白粉《しろい》などで薄《うす》く刷《は》き、戸棚《とだな》のなかから琴柱《ことじ》の箱《はこ》を持《も》ってこさせて、

「これだけがほんとにわたしがもらったものだよ」

　そして箱《はこ》をほおにあてがい、さもなつかしそうに二《ふた》つ三《みっ》つゆする。なかで徳永《とくなが》の命《いのち》をこめて彫《ほ》ったというたくさんの金銀簪《きんぎんかんざし》の音《おと》がする。その音《おと》を聞《き》いて母親《ははおや》は「ほ　ほ　ほ」とふくみ笑《わら》いの声《こえ》を立《た》てた。それは無垢《むく》に近《ちか》い娘《むすめ》の声《こえ》であった。

琴柱《ことじ》の箱《はこ》…琴柱《ことじ》（人《ひと》の字型《じがた》をした琴《こと》の音《ね》を調節《ちょうせつ》する道具《どうぐ》）を入《い》れておく小箱《こばこ》。

　ここでは、この箱《はこ》は小物入《こものい》れなどに使用《しよう》されていたようだ。

無垢《むく》…心身《しんしん》のけがれのないこと。うぶな。

宿命《しゅくめい》に忍従《にんじゅう》しようとする不安《ふあん》でたくましい勇気《ゆうき》と、救《すく》いを信《しん》ずるさびしく敬虔《けいけん》な気持《きも》ちとが、その後《ご》のくめ子《こ》の胸《むね》のなかを朝夕《あさゆう》にもつれあう。それがあまりに息《いき》づまるほどたかまると彼女《かのじょ》はそのたかぶりを心《こころ》からはなして感情《かんじょう》の技巧《ぎこう》の手先《てさき》で犬《いぬ》のようにあやなしながら、うつらうつら若《わか》さをおもう。ときどきはさそわれるまま、常連《じょうれん》の学生《がくせい》たちと、日《ひ》の丸行《まるこう》進曲《しんきょく》を口笛《くちぶえ》で吹《ふ》きつれて坂道《さかみち》の上《うえ》まで歩《ある》き出《で》てみる。谷《たに》を越《こ》した都《みやこ》の空《そら》には霞《かすみ》が低《ひく》くかかっている。

くめ子《こ》はそこで学生《がくせい》がくれるドロップをふくみながら、もし、この青《せい》年《ねん》たちのなかで自分《じぶん》に関《かか》わりのあるものが出《で》るようだったら、だれが自《じ》分《ぶん》を悩《なや》ます放蕩者《ほうとうもの》の良人《おっと》になり、だれが懸命《けんめい》の救《すく》い手《て》になるかなどと、ありのすさびの推量《すいりょう》ごとをしてやや興《きょう》を覚《おぼ》える。だが、しばらくすると、「店《みせ》がいそがしいから」

といって袖《そで》で胸《むね》を抱《だ》いて一人《ひとり》で店《みせ》へ帰《かえ》る。窓《まど》のなかにすわる。

忍従《にんじゅう》…忍耐《にんたい》して服従《ふくじゅう》すること。

ありのすさび…ふだんは気《き》にかけずにいるので、あまり考《かんが》えたことのない。

徳永老人《とくながろうじん》はだんだん痩《や》せ枯《が》れながら、毎晩必死《まいばんひっし》とどじょう汁《じる》をせがみにくる。

....

これでこそはじめて天下《てんか》の名人《めいじん》だ。

名人伝《めいじんでん》

中島《なかじま》 敦《あつし》

中島《なかじま》　敦《あつし》　一九〇九―一九四二

彗星《すいせい》のごとく現《あらわ》れて、いくつかの名品《めいひん》を発表《はっぴょう》しながら、瞬《また》く間《ま》に逝《い》ってしまった作者《さくしゃ》は、とても不幸《ふこう》な生《お》い立《た》ちを背負《せお》っています。わずか一歳《さい》に満《み》たぬときに母《はは》とはなされ、その後《ご》も二人《ふたり》の母《はは》が代《か》わり、家族愛《かぞくあい》に飢《う》えていたようです。中学時代《ちゅうがくじだい》は、朝鮮《ちょうせん》の名門校《めいもんこう》で秀才《しゅうさい》の名《な》をほしいままにしましたが、同時《どうじ》にさびしがり屋《や》で、そのためか、大《おお》きな黒猫《くろねこ》をだいて寝《ね》たと伝《つた》えられます。この猫《ねこ》をめぐっては、父親《ちちおや》と大《おお》きないさかいも起《お》きています。

趙《ちょう》の邯鄲《かんたん》の都《みやこ》に住《す》む紀昌《きしょう》という男《おとこ》が、天下第一《てんかだいいち》の弓《ゆみ》の名人《めいじん》になろうと志《こころざし》を立《た》てた。己《おのれ》の師《し》とたのむべき人物《じんぶつ》を物色《ぶっしょく》するに、当今弓矢《とうこんゆみや》をとっては、名手《めいしゅ》・飛衛《ひえい》におよぶ者《もの》があろうとは思《おも》われぬ。百歩《ひゃっぽ》をへだてて柳葉《りゅうよう》を射《い》るに百発百中《ひゃっぱつひゃくちゅう》するという達人《たつじん》だそうである。紀昌《きしょう》ははるばる飛衛《ひえい》をたずねてその門《もん》に入《い》った。

飛衛《ひえい》は新入《しんい》りの門人《もんじん》に、まず瞬《また》きせざることを学《まな》べと命《めい》じた。紀昌《きしょう》は家《いえ》に帰《かえ》り、妻《つま》の機織台《はたおりだい》の下《した》にもぐりこんで、そこに仰向《あおむ》けにひっくりかえった。眼《め》とすれすれに機躡《まねき》がいそがしく上下往来《じょうげおうらい》するのをじっと瞬《また》かずに見《み》つめていようという工夫《くふう》である。理由《りゆう》を知《し》らない妻《つま》は大《おお》いにおどろいた。第一《だいいち》、みょうな姿勢《しせい》をみょうな角度《かくど》から良人《おっと》にのぞかれては困《こま》るという。いやがる妻《つま》を紀昌《きしょう》はしかりつけて、無理《むり》に機《はた》を織《お》りつづけさせた。来《く》る日《ひ》も来《く》る日《ひ》も彼《かれ》はこのおかしな恰好《かっこう》で、瞬《また》きせざる修練《しゅうれん》を重《かさ》ねる。二年《ねん》の後《のち》には、あわただしく往返《おうへん》する牽挺《まねき》がまつげをかすめても、

趙《ちょう》の邯鄲《かんたん》の都《みやこ》…趙《ちょう》は中国《ちゅうごく》の戦国時代《せんごくじだい》（前《ぜん》403〜前《ぜん》222年《ねん》）の一国《いっこく》。邯鄲《かんたん》はその都《みやこ》（現在《げんざい》の河南省南部《かなんしょうなんぶ》）。

機躡《まねき》…機織《はたお》り道具《どうぐ》の、足《あし》でふむ板《いた》のこと。牽挺《まねき》。

たえて瞬《また》くことがなくなった。彼《かれ》はようやく機《はた》の下《した》からはい出《だ》す。もはや、鋭利《えいり》な錐《きり》の先《さき》をもってまぶたを突《つ》かれても、まばたきをせぬまでになっていた。ふいに火《ひ》の粉《こ》が目《め》に飛《と》び入《い》ろうとも目《め》の前《まえ》に突然灰神楽《とつぜんはいかぐら》が立《た》とうとも、彼《かれ》は決《けっ》して目《め》をパチつかせない。彼《かれ》のまぶたはもはやそれを閉《と》じるべき筋肉《きんにく》の使用法《しようほう》を忘《わす》れ果《は》て、夜《よる》、熟睡《じゅくすい》しているときでも、紀昌《きしょう》の目《め》はカッと大《おお》きく見開《みひら》かれたままである。ついに、彼《かれ》の目《め》のまつげとまつげとの間《あいだ》に小《ちい》さな一ぴきの蜘蛛《くも》が巣《す》をかけるにおよんで、彼《かれ》はようやく自信《じしん》を得《え》て、師《し》の飛衛《ひえい》にこれを告《つ》げた。

それを聞《き》いて飛衛《ひえい》がいう。瞬《また》かざるのみではいまだ射《しゃ》をさずけるに足《た》りぬ。次《つぎ》には、視《み》ることを学《まな》べ。視《み》ることに熟《じゅく》して、さて、小《しょう》を視《み》ること大《だい》のごとく、微《び》を見《み》ること著《ちょ》のごとくなったならば、来《きた》って我《われ》に告《つ》げるがよいと。

紀昌《きしょう》は再《ふたた》び家《いえ》にもどり、肌着《はだぎ》の縫《ぬ》い目《め》から虱《しらみ》を一ぴき探《さが》し出《だ》して、こ

灰神楽《はいかぐら》…火気《かき》のある灰《はい》のなかに水《みず》をこぼしたとき、舞《ま》い上《あ》がる灰《はい》のこと。

いまだ射《しゃ》をさずけるに足《た》りぬ…まだ射術《しゃじゅつ》を教《おし》えるのに十分《じゅうぶん》ではない。

微《び》を見《み》ること著《ちょ》のごとく…ごく小《ちい》さなものが明《あき》らかなものに見《み》えるように。

れを己《おのれ》が髪《かみ》の毛《け》をもってつないだ。そうして、それを南向《みなみむ》きの窓《まど》にかけ、終日《しゅうじつ》にらみ暮《く》らすことにした。毎日毎日彼《まいにちまいにちかれ》は窓《まど》にぶら下《さ》がった虱《しらみ》を見《み》つめる。はじめ、もちろんそれは一ぴきの虱《しらみ》にすぎない。二三日《にさんにち》たっても、依然《いぜん》として虱《しらみ》である。ところが、十日余《とおかあま》り過《す》ぎると、気《き》のせいか、どうやらそれがほんの少《すこ》しながら大《おお》きく見《み》えてきたように思《おも》われる。三月目《みつきめ》の終《お》わりには、明《あき》らかに蚕《かいこ》ほどの大《おお》きさに見《み》えてきた。虱《しらみ》をつるした窓《まど》の外《そと》の風物《ふうぶつ》は、次第《しだい》に移《うつ》り変《か》わる。熙々《きき》として照《て》っていた春《はる》の陽《ひ》はいつかはげしい夏《なつ》の光《ひかり》に変《か》わり、澄《す》んだ秋空《あきぞら》を高《たか》く雁《がん》が渡《わた》っていったかと思《おも》うと、はや、寒々《さむざむ》とした灰色《はいいろ》の空《そら》から霙《みぞれ》が落《お》ちかかる。紀昌《きしょう》は根気《こんき》よく、毛髪《もうはつ》の先《さき》にぶら下《さ》がった有吻類《ゆうふんるい》・催痒性《さいようせい》の小節足動物《しょうせっそくどうぶつ》を見《み》つづけた。その虱《しらみ》も何十《なんじっ》ぴきとなく取《と》りかえられていくうちに、早《はや》くも三年《ねん》の月日《つきひ》が流《なが》れた。ある日《ひ》ふと気《き》がつくと、窓《まど》の虱《しらみ》が馬《うま》のような大《おお》きさに見《み》えていた。しめたと、紀昌《きしょう》はひざを打《う》ち、表《おもて》へ出《で》る。彼《かれ》は我《わ》が目《め》を疑《うたが》った。人《ひと》

熙々《きき》として…やわらいで。おだやかに。

は高塔《こうとう》であった。馬《うま》は山《やま》であった。豚《ぶた》は丘《おか》のごとく、鶏《とり》は城楼《じょうろう》と見《み》える。雀躍《じゃくやく》して家《いえ》にとってかえした紀昌《きしょう》は、再《ふたた》び窓際《まどぎわ》の虱《しらみ》に立《た》ち向《む》かい、燕角《えんかく》の弧《ゆみ》に朔蓬《さくほう》の簳《やがら》をつがえてこれを射《い》れば、矢《や》は見事《みごと》に虱《しらみ》の心《しん》の臓《ぞう》をつらぬいて、しかも虱《しらみ》をつないだ毛《け》さえ断《き》れぬ。

紀昌《きしょう》はさっそく師《し》のもとにおもむいてこれを報《ほう》ずる。飛衛《ひえい》は高蹈《こうとう》して胸《むね》を打《う》ち、はじめて「出《で》かしたぞ」とほめた。そうして、ただちに射術《しゃじゅつ》の奥儀秘伝《おうぎひでん》をあますところなく紀昌《きしょう》にさずけはじめた。

目《め》の基礎訓練《きそくんれん》に五年《ねん》もかけたかいがあって紀昌《きしょう》の腕前《うでまえ》の上達《じょうたつ》は、おどろくほど速《はや》い。

奥儀伝授《おうぎでんじゅ》が始《はじ》まってから十日《とおか》の後《のち》、試《こころ》みに紀昌《きしょう》が百歩《ひゃっぽ》をへだてて柳葉《りゅうよう》を射《い》るに、すでに百発百中《ひゃっぱつひゃくちゅう》である。二十日《はつか》の後《のち》、いっぱいに水《みず》をたたえた盃《さかずき》を右肱《みぎひじ》の上《うえ》にのせて剛弓《ごうきゅう》を引《ひ》くに、狙《ねら》いに狂《くる》いのないのはもとより、杯中《はいちゅう》の水《みず》も微動《びどう》だにしない。一月《ひとつき》の後《のち》、百本《ひゃっぽん》の矢《や》をもって速射《そくしゃ》を試《こころ》みた

雀躍《じゃくやく》…小《こ》おどりして喜《よろこ》ぶこと。
燕角《えんかく》の弧《ゆみ》に朔蓬《さくほう》の簳《やがら》…燕《えん》の国《くに》の獣《けもの》の角《つの》で作《つく》った弓《ゆみ》に、朔《さく》の国《くに》の蓬《よもぎ》で作《つく》った矢《や》。
高蹈《こうとう》して…大《おお》きく足拍子《あしびょうし》して。

ところ、第一矢《だいいっし》が的《まと》にあたれば、続《つづ》いて飛《と》び来《きた》った第二矢《だいにし》は誤《あやま》たず第一《だいいっ》矢《し》の括《やはず》にあたって突《つ》き刺《さ》さり、さらに間髪《かんぱつ》を入《い》れず第三矢《だいさんし》の鏃《やじり》が第二矢《だいにし》の括《やはず》にガッシと喰《く》いこむ。矢矢相属《ししあいぞく》し、発発相及《はっはつあいおよ》んで、後矢《こうし》の鏃《やじり》はかならず前矢《ぜんし》の括《やはず》に喰《く》い入《い》るがゆえに、たえて地《ち》におちることがない。瞬《また》くうちに、百本《ひゃっぽん》の矢《や》は一本《ぽん》のごとくに相連《あいつら》なり、的《まと》から一直線《いっちょくせん》に続《つづ》いたその最後《さいご》の括《やはず》はなお弦《げん》をふくむがごとくに見《み》える。かたわらで見《み》ていた師《し》の飛衛《ひえい》も思《おも》わず「よし！」といった。

二月《ふたつき》の後《のち》、たまたま家《いえ》に帰《かえ》って妻《つま》といさかいをした紀昌《きしょう》がこれをおどそうとて烏号《うごう》の弓《ゆみ》に綦衛《きえい》の矢《や》をつがえきりりと引《ひ》きしぼって妻《つま》の目《め》を射《い》た。矢《や》は妻《つま》のまつげ三本《ぼん》を射切《いき》って彼方《かなた》へ飛《と》び去《さ》ったが、射《い》られた本人《ほんにん》はいっこうに気《き》づかず、まばたきもしないで亭主《ていしゅ》をののしりつづけた。けだし、彼《かれ》の至芸《しげい》による矢《や》の速度《そくど》と狙《ねら》いの精妙《せいみょう》さとは、実《じつ》にこの域《いき》にまで達《たっ》していたのである。

括《やはず》…矢《や》のはしで、弓《ゆみ》の弦《げん》にあてがう部分《ぶぶん》。

烏号《うごう》の弓《ゆみ》に綦衛《きえい》の矢《や》…烏号《うごう》は黄帝《こうてい》（中国伝説上《ちゅうごくでんせつじょう》の人物《じんぶつ》）が使《つか》ったという弓《ゆみ》のこと。綦《き》と衛《えい》は北方《ほっぽう》の国《くに》の名《な》で、矢《や》の材料《ざいりょう》となるよい竹《たけ》の産地《さんち》。

もはや師《し》から学《まな》び取《と》るべき何《なに》ものもなくなった紀昌《きしょう》は、ある日《ひ》、ふと良《よ》からぬ考《かんが》えを起《お》こした。

彼《かれ》がそのとき独《ひと》りつくづくと考《かんが》えるには、今《いま》や弓《ゆみ》をもって己《おのれ》に敵《てき》すべき者《もの》は、師《し》の飛衛《ひえい》をおいてほかにない。天下第一《てんかだいいち》の名人《めいじん》となるためには、どうあっても飛衛《ひえい》を除《のぞ》かねばならぬと。ひそかにその機会《きかい》をうかがっているうちに、一日《いちにち》たまたま郊野《こうや》において、向《む》こうからただ一人《ひとり》歩《あゆ》みくる飛衛《ひえい》に出遇《であ》った。とっさに意《い》を決《けっ》した紀昌《きしょう》が矢《や》を取《と》って狙《ねら》いをつければ、その気配《けはい》を察《さっ》して飛衛《ひえい》もまた弓《ゆみ》をとって相応《あいおう》ずる。二人《ふたり》たがいに射《い》れば、矢《や》はそのたびに中道《ちゅうどう》にして相当《あいあ》たり、ともに地《ち》におちた。地《ち》におちた矢《や》が軽塵《けいじん》をもあげなかったのは、両人《りょうにん》の技《わざ》がいずれも神《しん》に入《い》っていたからであろう。さて、飛衛《ひえい》の矢《や》がつきたとき、紀昌《きしょう》の方《ほう》はなお一矢《いっし》を余《あま》していた。得《え》たりと勢《いきお》いこんで紀昌《きしょう》がその矢《や》を放《はな》てば、飛衛《ひえい》はとっさに、そばなる野茨《のいばら》の枝《えだ》を折《お》り取《と》り、その棘《とげ》の先端《せんたん》をもってハッシと鏃《やじり》をたたきおとした。ついに非望《ひぼう》のとげられないことを悟《さと》った紀昌《きしょう》の心《こころ》に、成功《せいこう》したならば決《けっ》して生《しょう》じなかったにちがいない道義的慚愧《どうぎてきざんき》の念《ねん》が、このとき忽焉《こつえん》としてわき起《お》こった。飛衛《ひえい》の方《ほう》では、また、危機《きき》を脱《だっ》しえた安堵《あんど》と己《おの》が伎倆《ぎりょう》についての満足《まんぞく》とが、敵《てき》に対《たい》する憎《にく》しみをすっかり忘《わす》れさせた。二人《ふたり》はたがいにかけよると、野原《のはら》の真《ま》ん中《なか》に相抱《あいいだ》いて、しばし美《うつく》しい師《し》弟愛《ていあい》の涙《なみだ》にかきくれた。(こうしたことを今日《こんにち》の道義観《どうぎかん》をもって見《み》るのは当《あ》たらない。美食家《びしょくか》の斉《せい》の桓公《かんこう》が己《おのれ》のいまだ味《あじ》わったことのない珍味《ちんみ》を求《もと》めたとき、厨宰《ちゅうさい》の易牙《えきが》は己《おの》が息子《むすこ》を蒸《む》し焼《や》きにしてこれをすすめた。十六歳《さい》の少年《しょうねん》、秦《しん》の始皇帝《しこうてい》は父《ちち》が死《し》んだその晩《ばん》に、父《ちち》の愛妾《あいしょう》を三度《ど》おそうた。すべてそのような時代《じだい》の話《はなし》である)

涙《なみだ》にくれて相擁《あいよう》しながらも、ふたたび弟子《でし》がかかるたくらみを抱《いだ》くようなことがあってははなはだあぶないと思《おも》った飛衛《ひえい》は、紀昌《きしょう》に新《あら》たな目《もく》

道義的慚愧《どうぎてきざんき》の念《ねん》…自分《じぶん》の良心《りょうしん》に照《て》らして、悪行《あくぎょう》をしてしまったことを心《こころ》の底《そこ》からはじいる気持《きも》ち。

厨宰《ちゅうさい》…厨房《ちゅうぼう》をとりしきる人《ひと》。料理長《りょうりちょう》のこと。

標《ひょう》をあたえてその気《き》を転《てん》ずるにしくはないと考《かんが》えた。彼《かれ》はこの危険《きけん》な弟子《でし》に向《む》かっていった。もはや、伝《つた》うべきほどのことはことごとく伝《つた》えた。なんじがもしこれ以上《いじょう》の道《みち》の蘊奥《うんのう》を極《きわ》めたいと望《のぞ》むならば、ゆいて西《にし》の方太行《かたたいこう》の嶮《けん》に攀《よ》じ、霍山《かくざん》の頂《いただき》をきわめよ。そこには甘蠅老師《かんようろうし》とて古今《ここん》をむなしゅうする斯道《しどう》の大家《たいか》がおられるはず。老師《ろうし》の技《わざ》に比《くら》べれば、我々《われわれ》の射《しゃ》のごときはほとんど児戯《じぎ》に類《るい》する。なんじの師《し》とたのむべきは、今《いま》は甘蠅師《かんようし》のほかにあるまいと。

紀昌《きしょう》はすぐに西《にし》に向《む》かって旅立《たびだ》つ。その人《ひと》の前《まえ》に出《いで》ては我々《われわれ》の技《わざ》のごとき児戯《じぎ》にひとしいといった師《し》の言葉《ことば》が、彼《かれ》の自尊心《じそんしん》にこたえた。もしそれがほんとうだとすれば、天下第一《てんかだいいち》を目指《めざ》す彼《かれ》の望《のぞ》みも、まだまだ前途《ぜんと》ほど遠《とお》いわけである。己《おの》が業《わざ》が児戯《じぎ》に類《るい》するかどうか、とにもかくにも早《はや》くその人《ひと》に会《あ》って腕《うで》を比《くら》べたいとあせりつつ、彼《かれ》はひたすらに道《みち》を

しくはない…およぶものはない。それ以上《いじょう》のものはない。
蘊奥《うんのう》…学問《がくもん》、技芸《ぎげい》などのもっとも奥深《おくぶか》いところ。奥義《おうぎ》。極意《ごくい》。
太行《たいこう》の嶮《けん》に攀《よ》じ…高《たか》くけわしい太行《たいこう》の山《やま》によじのぼり。

急《いそ》ぐ。足裏《そくり》を破《やぶ》りすねを傷《きず》つけ、危巌《きがん》を攀《よ》じ桟道《さんどう》をわたって、一月《ひとつき》の後《のち》に彼《かれ》はようやく目指《めざ》す山巓《さんてん》にたどりつく。

気負《きお》い立《た》つ紀昌《きしょう》を迎《むか》えたのは、羊《ひつじ》のような柔和《にゅうわ》な目《め》をした、しかしひどくよぼよぼの爺《じい》さんである。年齢《ねんれい》は百歳《ひゃくさい》をもこえていよう。腰《こし》の曲《ま》がっているせいもあって、白髯《はくぜん》は歩《ある》くときも地《ち》にひきずっている。

相手《あいて》が聾《ろう》かも知《し》れぬと、大声《おおごえ》にあわただしく紀昌《きしょう》は来意《らいい》を告《つ》げる。己《おの》が技《わざ》のほどを見《み》てもらいたい旨《むね》を述《の》べると、あせりたった彼《かれ》は相手《あいて》の返《へん》辞《じ》をも待《ま》たず、いきなり背《せ》に負《お》うた楊幹麻筋《ようかんまきん》の弓《ゆみ》をはずして手《て》にとった。そうして、石碣《せきけつ》の矢《や》をつがえると、折《おり》から空《そら》の高《たか》くを飛《と》び過《す》ぎていく渡《わた》り鳥《どり》の群《む》れに向《む》かって狙《ねら》いを定《さだ》める。弦《げん》に応《おう》じて、一箭《いっせん》たちまち五羽《わ》の大鳥《おおとり》があざやかに碧空《へきくう》を切《き》っておちてきた。

一通《ひととお》りできるようじゃな、と老人《ろうじん》がおだやかな微笑《びしょう》をふくんでいう。だが、それはしょせん射之射《しゃのしゃ》というもの。好漢《こうかん》いまだ不射之射《ふしゃのしゃ》を知《し》らぬ

古今《ここん》をむなしゅうする…今昔《こんじゃく》を問題《もんだい》にしない。歴史上《れきしじょう》に並《なら》ぶもののない。
聾《ろう》…耳《みみ》の聞《き》こえないこと。またはその人《ひと》。
楊幹麻筋《ようかんまきん》の弓《ゆみ》…柳《やなぎ》の幹《みき》に麻布《あさぬの》を巻《ま》いた強靱《きょうじん》な弓《ゆみ》。

と見《み》える。

ムッとした紀昌《きしょう》をみちびいて、老隠者《ろういんじゃ》は、そこから二百歩《ひゃっぽ》ばかりはなれた絶壁《ぜっぺき》の上《うえ》まで連《つ》れてくる。脚下《きゃっか》は文字通《もじどお》りの屏風《びょうぶ》のごとき壁立千仞《へきりつせんじん》、はるか真下《ました》に糸《いと》のような細《ほそ》さに見《み》える渓流《けいりゅう》をちょっとのぞいただけでたちまちめまいを感《かん》ずるほどの高《たか》さである。その断崖《だんがい》からなかば宙《ちゅう》に乗《の》り出《だ》した危石《きせき》の上《うえ》につかつかと老人《ろうじん》はかけあがり、ふりかえって紀昌《きしょう》にいう。どうじゃ。この石《いし》の上《うえ》で先刻《せんこく》の業《わざ》を今一度《いまいちど》見《み》せてくれぬか。今《いま》さら引《ひ》っこみもならぬ。老人《ろうじん》と入《い》れ代《か》わりに紀昌《きしょう》がその石《いし》をふんだとき、石《いし》はかすかにグラリとゆらいだ。強《し》いて気《き》をはげまして矢《や》をつがえようとすると、ちょうど崖《がけ》のはしから小石《こいし》が一《ひと》つ転《ころ》がり落《お》ちた。その行方《ゆくえ》を目《め》で追《お》うたとき、覚《おぼ》えず紀昌《きしょう》は石上《せきじょう》に伏《ふ》した。脚《あし》はワナワナとふるえ、汗《あせ》は流《なが》れてかかとにまで至《いた》った。老人《ろうじん》が笑《わら》いながら手《て》を差《さ》しのべて彼《かれ》を石《いし》からおろし、自《みずか》ら代《か》わってこれに乗《の》ると、では射《しゃ》というものをお目《め》にか

(117ページ)**石碣《せきけつ》の矢《や》**…越《えつ》の国王《こくおう》が陣中《じんちゅう》で使用《しよう》したといわれる矢《や》。
(117ページ)**一箭《いっせん》**…一本《ぽん》の矢《や》。
壁立千仞《へきりつせんじん》…壁《かべ》のように高《たか》くけわしい絶壁《ぜっぺき》、ひじょうに深《ふか》い谷《たに》。

けようかな、といった。まだ動悸《どうき》がおさまらず蒼《あお》ざめた顔《かお》をしてはいたが、紀昌《きしょう》はすぐに気《き》がついていった。しかし、弓《ゆみ》はどうなさる？　弓《ゆみ》は？　老人《ろうじん》は素手《すで》だったのである。弓《ゆみ》？　と老人《ろうじん》は笑《わら》う。弓矢《ゆみや》の要《い》るうちはまだ射之射《しゃのしゃ》じゃ。不射之射《ふしゃのしゃ》には、烏漆《うしつ》の弓《ゆみ》も粛慎《しゅくしん》の矢《や》もいらぬ。ちょうど彼《かれ》らの真上《まうえ》、空《そら》のきわめて高《たか》いところを一羽《わ》の鳶《とんび》がゆうゆうと輪《わ》を画《えが》いていた。その胡麻粒《ごまつぶ》ほどに小《ちい》さく見《み》える姿《すがた》をしばらく見上《みあ》げていた甘蠅《かんよう》が、やがて、見《み》えざる矢《や》を無形《むけい》の弓《ゆみ》につがえ、満月《まんげつ》のごとくに引《ひ》きしぼってひょうと放《はな》てば、見《み》よ、鳶《とんび》は羽《は》ばたきもせず中空《ちゅうくう》から石《いし》のごとくに落《お》ちてくるではないか。

紀昌《きしょう》は慄然《りつぜん》とした。今《いま》にしてはじめて芸道《げいどう》の深淵《しんえん》をのぞきえた心地《ここち》であった。

九年《ねん》の間《あいだ》、紀昌《きしょう》はこの老名人《ろうめいじん》のもとに留《とど》まった。その間《かん》いかなる修業《しゅぎょう》

烏漆《うしつ》の弓《ゆみ》…黒《くろ》い漆《うるし》でぬられた弓《ゆみ》。
粛慎《しゅくしん》の矢《や》…粛慎《しゅくしん》（春秋戦国時代《しゅんじゅうせんごくじだい》、中国北方《ちゅうごくほっぽう》にあった国《くに》）で作《つく》られた矢《や》。
慄然《りつぜん》…おそろしさにふるえるさま。

をつんだものやらそれはだれにもわからぬ。

九年《ねん》たって山《やま》をおりてきたとき、人々《ひとびと》は紀昌《きしょう》の顔《かお》つきの変《か》わったのにおどろいた。以前《いぜん》の負《ま》けずぎらいな精悍《せいかん》な面魂《つらだましい》はどこかに影《かげ》をひそめ、何《なん》の表情《ひょうじょう》もない、木偶《でく》のごとく愚者《ぐしゃ》のごとき容貌《ようぼう》に変《か》わっている。久《ひさ》しぶりに旧師《きゅうし》の飛衛《ひえい》を訪《たず》ねたとき、しかし、飛衛《ひえい》はこの顔《かお》つきを一見《いっけん》すると感嘆《かんたん》してさけんだ。これでこそはじめて天下《てんか》の名人《めいじん》だ。我儕《われら》のごとき、足下《あしもと》にもおよぶものでないと。

邯鄲《かんたん》の都《みやこ》は、天下一《てんかいち》の名人《めいじん》となってもどってきた紀昌《きしょう》を迎《むか》えて、やがて眼前《がんぜん》に示《しめ》されるにちがいないその妙技《みょうぎ》への期待《きたい》にわきかえった。

ところが紀昌《きしょう》はいっこうにその要望《ようぼう》にこたえようとしない。いや、弓《ゆみ》さえたえて手《て》に取《と》ろうとしない。山《やま》に入《い》るときにたずさえていった楊幹《ようかん》麻筋《まきん》の弓《ゆみ》もどこかへすててきた様子《ようす》である。そのわけをたずねた一人《ひとり》に答《こた》えて、紀昌《きしょう》はものうげにいった。至為《しい》は為《な》すなく、至言《しげん》は言《げん》を去《さ》り、

木偶《でく》…木《き》で彫《ほ》った人形《にんぎょう》。見《み》かけだけで役《やく》に立《た》たない者《もの》の意《い》。

至為《しい》は為《な》すなく…射《い》ることなし…行為《こうい》とは何《なに》もしないことであり、発言《はつげん》とは何《なに》も語《かた》らないことであり、弓《ゆみ》を射《い》るとは何《なに》も射《い》ないことである。

至射《ししゃ》は射《い》ることなしと。なるほどと、しごくものわかりのいい邯鄲《かんたん》の都《みやこ》人士《じんし》はすぐに合点《がてん》した。弓《ゆみ》をとらざる弓《ゆみ》の名人《めいじん》は彼《かれ》らのほこりとなった。紀昌《きしょう》が弓《ゆみ》にふれなければふれないほど、彼《かれ》の無敵《むてき》の評判《ひょうばん》はいよいよ喧伝《けんでん》された。

さまざまなうわさが人々《ひとびと》の口《くち》から口《くち》へと伝《つた》わる。毎夜《まいよ》三更《さんこう》を過《す》ぎるころ、紀昌《きしょう》の家《いえ》の屋上《おくじょう》で何者《なにもの》の立《た》てるとも知《し》れぬ弓弦《きゅうげん》の音《おと》がする。名人《めいじん》のうちに宿《やど》る射道《しゃどう》の神《かみ》が主人公《しゅじんこう》のねむっている間《あいだ》に体内《たいない》をぬけ出《だ》し、妖魔《ようま》をはらうべく徹宵守護《てっしょうしゅご》に当《あ》たっているのだという。彼《かれ》の家《いえ》の近《ちか》くに住《す》む一商人《いちしょうにん》はある夜《よ》紀昌《きしょう》の家《いえ》の上空《じょうくう》で、雲《くも》に乗《の》った紀昌《きしょう》がめずらしくも弓《ゆみ》を手《て》にして、古《いにしえ》の名人《めいじん》・羿《げい》と養由基《ようゆうき》の二人《ふたり》を相手《あいて》に腕比《うでくら》べをしているのをたしかに見《み》たといいだした。そのとき三名人《めいじん》の放《はな》った矢《や》はそれぞれ夜空《よぞら》に青白《あおじろ》い光芒《こうぼう》をひきつつ参宿《しんしゅく》と天狼星《てんろうせい》との間《あいだ》に消《き》え去《さ》ったと。紀昌《きしょう》の家《いえ》にしのび入《い》ろうとしたところ、塀《へい》に足《あし》をかけたとたんに一道《いちどう》の殺気《さっき》が森《しん》

喧伝《けんでん》…世間《せけん》にほめそやして伝《つた》わること。
三更《さんこう》…午後《ごご》11時《じ》～午前《ごぜん》１時《じ》ごろ。
徹宵守護《てっしょうしゅご》…夜《よる》を徹《てっ》して（寝《ね》ないで）守《まも》りつづけること。

閑《かん》とした家《いえ》のなかからはしり出《で》てまともに額《ひたい》を打《う》ったので、覚《おぼ》えず外《そと》に顛落《てんらく》したと白状《はくじょう》した盗賊《とうぞく》もある。爾来《じらい》、邪心《じゃしん》を抱《いだ》く者《もの》どもは彼《かれ》の住居《じゅうきょ》の十町《ちょう》四方《しほう》はさけてまわり道《みち》をし、かしこい渡《わた》り鳥《どり》どもは彼《かれ》の家《いえ》の上空《じょうくう》を通《とお》らなくなった。

雲《くも》と立《た》ちこめる名声《めいせい》のただなかに、名人紀昌《めいじんきしょう》は次第《しだい》に老《お》いていく。すでに早《はや》く射《しゃ》をはなれた彼《かれ》の心《こころ》は、ますます枯淡虚静《こたんきょせい》の域《いき》にはいっていったようである。木偶《でく》のごとき顔《かお》はさらに表情《ひょうじょう》を失《うしな》い、語《かた》ることも稀《まれ》となり、ついには呼吸《こきゅう》の有無《うむ》さえ疑《うたが》われるに至《いた》った。「すでに、我《が》と彼《か》との別《べつ》、是《ぜ》と非《ひ》との分《ぶん》を知《し》らぬ。眼《め》は耳《みみ》のごとく、耳《みみ》は鼻《はな》のごとく、鼻《はな》は口《くち》のごとく思《おも》われる」というのが老名人晩年《ろうめいじんばんねん》の述懐《じゅっかい》である。

甘蠅師《かんようし》のもとを辞《じ》してから四十年《ねん》の後《のち》、紀昌《きしょう》は静《しず》かに、まことに煙《けむり》のごとく静《しず》かに世《よ》を去《さ》った。その四十年《ねん》の間《あいだ》、彼《かれ》はたえて射《しゃ》を口《くち》にすることがなかった。口《くち》にさえしなかったくらいだから、弓矢《ゆみや》をとっての活動《かつどう》

(121ページ)**参宿《しんしゅく》と天狼星《てんろうせい》**…オリオン座《ざ》とシリウス(おおいぬ座《ざ》の一等星《いっとうせい》)。
爾来《じらい》…それ以来《いらい》。
枯淡虚静《こたんきょせい》…心《こころ》に欲《よく》や悩《なや》みがなく、平静《へいせい》なさま。

などあろうはずがない。もちろん、寓話作者《ぐうわさくしゃ》としてはここで老名人《ろうめいじん》に掉《とう》尾《び》の大活躍《だいかつやく》をさせて、名人《めいじん》の真《しん》に名人《めいじん》たるゆえんを明《あき》らかにしたいのは山々《やまやま》ながら、一方《いっぽう》、また、何《なん》としても古書《こしょ》に記《しる》された事実《じじつ》を曲《ま》げるわけにはいかぬ。実際《じっさい》、老後《ろうご》の彼《かれ》についてはただ無為《むい》にして化《か》したとばかりで、次《つぎ》のようなみょうな話《はなし》のほかには何一《なにひと》つ伝《つた》わっていないのだから。

その話《はなし》というのは、彼《かれ》の死《し》ぬ一、二年前《ねんまえ》のことらしい。ある日《ひ》老《お》いたる紀昌《きしょう》が知人《ちじん》のもとに招《まね》かれていったところ、その家《いえ》で一《ひと》つの器具《きぐ》を見《み》た。たしかに見《み》おぼえのある道具《どうぐ》だが、どうしてもその名前《なまえ》が思《おも》い出《だ》せぬし、その用途《ようと》も思《おも》い当《あ》たらない。老人《ろうじん》はその家《いえ》の主人《しゅじん》にたずねた。それは何《なん》と呼《よ》ぶ品物《しなもの》で、また何《なに》に用《もち》いるのかと。主人《しゅじん》は、客《きゃく》が冗談《じょうだん》をいっているとのみ思《おも》って、ニヤリととぼけた笑《わら》い方《かた》をした。老紀昌《ろうきしょう》は真剣《しんけん》になって再《ふたた》びたずねる。それでも相手《あいて》はあいまいな笑《えみ》を浮《う》かべて、客《きゃく》の心《こころ》をはかりかねた様子《ようす》である。三度《みたび》紀昌《きしょう》が真面目《まじめ》な顔《かお》をして同《おな》じ問《と》いをく

すでに、我《が》と彼《か》と…ごとく思《おも》われる…もう自分《じぶん》と他人《たにん》、ものの善《よ》し悪《あ》しの区別《くべつ》などもなく、あたかも目《め》は耳《みみ》、耳《みみ》は鼻《はな》、鼻《はな》は口《くち》のようである。

掉尾《とうび》…最後《さいご》。

りかえしたとき、はじめて主人《しゅじん》の顔《かお》に驚愕《きょうがく》の色《いろ》が現《あらわ》れた。彼《かれ》は客《きゃく》の眼《め》をじっと見《み》つめる。相手《あいて》が冗談《じょうだん》をいっているのでもなく、気《き》が狂《くる》っているのでもなく、また自分《じぶん》が聞《き》きちがえをしているのでもないことを確《たし》かめると、彼《かれ》はほとんど恐怖《きょうふ》に近《ちか》い狼狽《ろうばい》を示《しめ》して、どもりながらさけんだ。

「ああ、夫子《ふうし》が、——古今無双《ここんむそう》の射《しゃ》の名人《めいじん》たる夫子《ふうし》が、弓《ゆみ》を忘《わす》れ果《は》てられたとや？　ああ、弓《ゆみ》という名《な》も、その使《つか》い途《みち》も！」

その後当分《ごとうぶん》の間《あいだ》、邯鄲《かんたん》の都《みやこ》では、画家《がか》は絵筆《えふで》を隠《かく》し、楽人《がくじん》は瑟《しつ》の絃《げん》を断《た》ち、工匠《こうしょう》は規矩《きく》を手《て》にするのをはじたということである。

夫子《ふうし》…先生《せんせい》や賢者《けんじゃ》などに対《たい》する敬称《けいしょう》、あるいは、そうした人《ひと》への呼称《こしょう》。

瑟《しつ》…琴《こと》を幅広《はばひろ》くしたようなかたちをした中国《ちゅうごく》の弦楽器《げんがっき》。

規矩《きく》…ものさし。

ただ氷《こおり》のように冷《ひや》やかに、刃《やいば》のようにするどい、いちの最後《さいご》の詞《ことば》の最後《さいご》の一句《いっく》が反響《はんきょう》しているのである。

最後《さいご》の一句《いっく》

森《もり》　鷗外《おうがい》

森《もり》　鷗外《おうがい》　一八六二―一九二二

夏目漱石《なつめそうせき》とならぶ明治《めいじ》の「文豪《ぶんごう》」ですが、さまざまな点《てん》で、漱《そう》石《せき》とは対照的《たいしょうてき》な部分《ぶぶん》をもっていました。留学先《りゅうがくさき》のイギリスで、悶々《もんもん》と孤独《こどく》の日々《ひび》を送《おく》った漱石《そうせき》とくらべ、医学《いがく》を学《まな》ぶために留《りゅう》学《がく》したドイツで、作者《さくしゃ》は西洋的《せいようてき》な社交能力《しゃこうのうりょく》に磨《みが》きをかけ、現地《げんち》で多様《たよう》な人々《ひとびと》との交流《こうりゅう》を楽《たの》しみました。子《こ》どもたちにも、インターナショナルに通用《つうよう》する名前《なまえ》をと、於菟《おと》(Otto)、茉莉《まり》(Marie)、類《るい》(Louis)などと名《な》づけました。

元文《げんぶん》三年《ねん》十一月《がつ》二十三日《にち》のことである。大阪《おおさか》で、船乗業《ふなのりぎょう》桂屋《かつらや》太郎兵衛《たろべえ》というものを、木津川口《きづがわぐち》で三日間《みっかかん》さらしたうえ、斬罪《ざんざい》に処《しょ》すると、高札《こうさつ》に書《か》いて立《た》てられた。市中到《しちゅういた》るところ太郎兵衛《たろべえ》のうわさばかりしているなかに、それをもっとも痛切《つうせつ》に感《かん》ぜなくてはならぬ太郎兵衛《たろべえ》の家族《かぞく》は、南組堀江橋際《みなみぐみほりえばしぎわ》の家《いえ》で、もう丸《まる》二年《ねん》ほど、ほとんどまったく世間《せけん》との交通《こうつう》を絶《た》って暮《く》らしているのである。

この予期《よき》すべき出来事《できごと》を、桂屋《かつらや》へ知《し》らせにきたのは、ほど遠《とお》からぬ平野町《ひらのまち》に住《す》んでいる太郎兵衛《たろべえ》が女房《にょうぼう》の母《はは》であった。この白髪頭《しらがあたま》の媼《おうな》のことを桂屋《かつらや》では平野町《ひらのまち》のおばあ様《さま》といっている。おばあ様《さま》とは、桂屋《かつらや》にいる五人《にん》の子《こ》どもがいつもいいものをお土産《みやげ》に持《も》ってきてくれる祖母《そぼ》に名《な》づけた名《な》で、それを主人《しゅじん》も呼《よ》び、女房《にょうぼう》も呼《よ》ぶようになったのである。

おばあ様《さま》を慕《した》って、おばあ様《さま》にあまえ、おばあ様《さま》にねだる孫《まご》が、桂屋《かつらや》に五人《にん》いる。その四人《にん》は、おばあ様《さま》が十七になった娘《むすめ》を桂屋《かつらや》へよめによ

元文《げんぶん》…江戸時代中期《えどじだいちゅうき》の年号《ねんごう》。1736年《ねん》から1740年《ねん》までの期間《きかん》。
斬罪《ざんざい》…首斬《くびき》り（うちくび）の刑《けい》。死罪《しざい》の意《い》。
高札《こうさつ》…重罪人《じゅうざいにん》の罪状《ざいじょう》を記《しる》し、人目《ひとめ》につくよう高《たか》くかかげられた板《いた》の札《ふだ》。

こしてから、今年《ことし》十六年目《ねんめ》になるまでの間《あいだ》に生《う》まれたのである。長女《ちょうじょ》いちが十六歳《さい》、二女《じじょ》まつが十四歳《さい》になる。その次《つぎ》に、太郎兵衛《たろべえ》が娘《むすめ》をよめに出《だ》す覚悟《かくご》で、平野町《ひらのまち》の女房《にょうぼう》の里方《さとかた》から、赤子《あかご》のうちにもらい受《う》けた、長太郎《ちょうたろう》という十二歳《さい》の男子《だんし》がある。その次《つぎ》にまた生《う》まれた太郎兵衛《たろべえ》の娘《むすめ》は、とくといって八歳《さい》になる。最後《さいご》に太郎兵衛《たろべえ》のはじめて設《もう》けた男子《だんし》の初五郎《はつごろう》がいて、これが六歳《さい》になる。

平野町《ひらのまち》の里方《さとかた》は有福《ゆうふく》なので、おばあ様《さま》のおみやげはいつも孫《まご》たちに満足《まんぞく》をあたえていた。それが一昨年《いっさくねん》太郎兵衛《たろべえ》の入牢《にゅうろう》してからは、とかく孫《まご》たちに失望《しつぼう》を起《お》こさせるようになった。おばあ様《さま》が暮《く》らし向《む》きの用《よう》に立《た》つものを主《おも》に持《も》ってくるので、おもちゃやお菓子《かし》は少《すく》なくなったからである。

しかしこれから生《お》い立《た》ってゆく子《こ》どもの元気《げんき》はさかんなもので、ただおばあ様《さま》のおみやげが乏《とぼ》しくなったばかりでなく、おっ母様《かさま》の不機嫌《ふきげん》に

(127ページ)媼《おうな》…年《とし》をとった女性《じょせい》のこと。

なったのにも、ほどなくなれて、格別《かくべつ》しおれた様子《ようす》もなく、相変《あいか》わらず小《ちい》さい争闘《そうとう》と小《ちい》さい和睦《わぼく》との刻々《こっこく》に交代《こうたい》する、にぎやかな生活《せいかつ》を続《つづ》けている。そして「遠《とお》い遠《とお》いところへ往《い》って帰《かえ》らぬ」といい聞《き》かされた父《ちち》の代《か》わりに、このおばあ様《さま》の来《く》るのを歓迎《かんげい》している。

これに反《はん》して、厄難《やくなん》に逢《あ》ってからこのかた、いつも同《おな》じような悔恨《かいこん》と悲痛《ひつう》とのほかに、何《なに》ものをも心《こころ》に受《う》け入《い》れることのできなくなった太郎《たろ》兵衛《べえ》の女房《にょうぼう》は、手厚《てあつ》くみついでくれ親切《しんせつ》になぐさめてくれる母《はは》に対《たい》しても、ろくろく感謝《かんしゃ》の意《い》をも表《ひょう》することがない。母《はは》がいつ来《き》ても、同《おな》じようなくり言《ごと》を聞《き》かせて帰《かえ》すのである。

厄難《やくなん》に逢《あ》ったはじめには、女房《にょうぼう》はただ茫然《ぼうぜん》と目《め》をみはっていて、食事《しょくじ》も子《こ》どものために、器械的《きかいてき》に世話《せわ》をするだけで、自分《じぶん》はほとんど何《なに》も食《く》わずに、しきりにのどが乾《かわ》くといっては、湯《ゆ》を少《すこ》しずつのんでいた。夜《よる》はつかれてぐっすり寝《ね》たかと思《おも》うと、たびたび目《め》をさましてため息《いき》をつ

和睦《わぼく》…仲直《なかなお》り。和解《わかい》。
悔恨《かいこん》…後悔《こうかい》し、残念《ざんねん》に思《おも》うこと。
くり言《ごと》…ぐちをいうこと。またはそのぐち。

く。それから起《お》きて、夜《よ》なかに裁縫《さいほう》などをすることがある。そんなときは、そばに母《はは》の寝《ね》ていぬのに気《き》がついて、最初《さいしょ》に四歳《さい》になる初五郎《はつごろう》が目《め》をさます。ついで六歳《さい》になるとくが目《め》をさます。女房《にょうぼう》は子《こ》どもに呼《よ》ばれて床《とこ》にはいって、子《こ》どもが安心《あんしん》して寝《ね》つくと、また大《おお》きく目《め》をあいてため息《いき》をついているのであった。それから二三日《にさんにち》たって、ようよう泊《と》まりがけに来《き》ている母《はは》にくり言《ごと》をいって泣《な》くことができるようになった。それから丸《まる》二年《ねん》ほどの間《あいだ》、女房《にょうぼう》は器械的《きかいてき》に立《た》ち働《はたら》いては、同《おな》じようにくり言《ごと》をいい、同《おな》じように泣《な》いているのである。

高札《こうさつ》の立《た》った日《ひ》には、午過《ひるす》ぎに母《はは》が来《き》て、女房《にょうぼう》に太郎兵衛《たろべえ》の運命《うんめい》のきまったことを話《はな》した。しかし女房《にょうぼう》は、母《はは》のおそれたほどおどろきもせず、聞《き》いてしまって、またいつもと同《おな》じくり言《ごと》をいって泣《な》いた。母《はは》はあまり手《て》ごたえのないのをもの足《た》らなく思《おも》うくらいであった。このとき長女《ちょうじょ》のいちは、襖《ふすま》の蔭《かげ》に立《た》って、おばあ様《さま》の話《はなし》を聞《き》いていた。

桂屋《かつらや》にかぶさってきた厄難《やくなん》というのはこうである。主人太郎兵衛《しゅじんたろべえ》は船乗《ふなの》りとはいっても、自分《じぶん》が船《ふね》に乗《の》るのではない。北国通《ほっこくがよ》いの船《ふね》を持《も》っていて、それに新七《しんしち》という男《おとこ》を乗《の》せて、運送《うんそう》の業《ぎょう》を営《いとな》んでいる。大阪《おおさか》ではこの太郎兵衛《たろべえ》のような男《おとこ》を居船頭《いせんどう》といっていた。居船頭《いせんどう》の太郎兵衛《たろべえ》が沖船頭《おきせんどう》の新七《しんしち》を使《つか》っているのである。

元文元年《げんぶんがんねん》の秋《あき》、新七《しんしち》の船《ふね》は、出羽国秋田《でわのくにあきた》から米《こめ》を積《つ》んで出帆《しゅっぱん》した。その船《ふね》が不幸《ふこう》にも航海中《こうかいちゅう》に風波《ふうは》の難《なん》に逢《あ》って、半難船《はんなんせん》の姿《すがた》になって、積荷《つみに》の半分以上《はんぶんいじょう》を流失《りゅうしつ》した。新七《しんしち》は残《のこ》った米《こめ》を売《う》って金《かね》にして、大阪《おおさか》へ持《も》って帰《かえ》った。

さて新七《しんしち》が太郎兵衛《たろべえ》にいうには、難船《なんせん》をしたことは港々《みなとみなと》で知《し》っている。残《のこ》った積荷《つみに》を売《う》ったこの金《かね》は、もう米主《こめぬし》に返《かえ》すにはおよぶまい。これはあとの船《ふね》をしたてる費用《ひよう》に当《あ》てようじゃないかといった。

太郎兵衛《たろべえ》はそれまで正直《しょうじき》に営業《えいぎょう》していたのだが、営業上《えいぎょうじょう》に大《おお》きい損失《そんしつ》を見《み》た直後《ちょくご》に、現金《げんきん》を目《め》の前《まえ》に並《なら》べられたので、ふと良心《りょうしん》の鏡《かがみ》が曇《くも》って、その金《かね》を受《う》け取《と》ってしまった。

すると、秋田《あきた》の米主《こめぬし》の方《ほう》では、難船《なんせん》の知《し》らせを得《え》た後《のち》に、残《のこ》り荷《に》のあったことやら、それを買《か》った人《ひと》のあったことやらを、人伝《ひとづて》に聞《き》いて、わざわざ人《ひと》を調《しら》べに出《だ》した。そして新七《しんしち》の手《て》から太郎兵衛《たろべえ》に渡《わた》った金高《かねだか》までを探《さぐ》り出《だ》してしまった。

米主《こめぬし》は大阪《おおさか》へ出《で》てうったえた。新七《しんしち》は逃走《とうそう》した。そこで太郎兵衛《たろべえ》が入牢《にゅうろう》してとうとう死罪《しざい》に行《おこな》われることになったのである。

平野町《ひらのまち》のおばあ様《さま》が来《き》て、おそろしい話《はなし》をするのを姉娘《あねむすめ》のいちが立《た》ち聞《ぎ》きをした晩《ばん》のことである。桂屋《かつらや》の女房《にょうぼう》はいつもくり言《ごと》をいって泣《な》いたあとで出《で》るつかれが出《で》て、ぐっすり寐入《ねい》った。女房《にょうぼう》の両脇《りょうわき》には、初五郎《はつごろう》

と、とくとが寝《ね》ている。初五郎《はつごろう》の隣《となり》には長太郎《ちょうたろう》が寝《ね》ている。とくの隣《となり》にまつ、それに並《なら》んでいちが寝《ね》ている。

しばらくたって、いちが何《なに》やら布団《ふとん》のなかで独《ひと》り言《ごと》をいった。「ああ、そうしよう。きっとできるわ」と、いったようである。

まつがそれを聞《き》きつけた。そして「姉《ねえ》さん、まだ寐《ね》ないの」といった。

「大《おお》きい声《こえ》をおしでない。わたしいいことを考《かんが》えたから」いちはまずこういって妹《いもうと》を制《せい》しておいて、それから小声《こごえ》でこういうことをささやいた。お父《と》っさんはあさって殺《ころ》されるのである。自分《じぶん》はそれを殺《ころ》させぬようにすることができると思《おも》う。どうするかというと、願書《ねがいしょ》というものを書《か》いてお奉行様《ぶぎょうさま》に出《だ》すのである。しかしただ殺《ころ》さないでおいてくださいといったって、それではきかれない。お父《と》っさんを助《たす》けて、その代《か》わりにわたくしども子《こ》どもを殺《ころ》してくださいといってたのむのである。それをお奉行様《ぶぎょうさま》がきいてくだすって、お父《と》っさんが助《たす》かれば、それでいい。子《こ》ど

お奉行様《ぶぎょうさま》…武士《ぶし》の役職《やくしょく》のひとつ。ここでは大坂《おおさか》(現在《げんざい》の大阪《おおさか》)町奉行《まちぶぎょう》のことで、庶民《しょみん》の間《あいだ》のもめごとなどの裁《さば》きをする人《ひと》。

もはほんとうにみな殺《ころ》されるやら、わたしが殺《ころ》されて、小《ちい》さいものは助《たす》かるやら、それはわからない。ただお願《ねが》いをするとき、長太郎《ちょうたろう》だけはいっしょに殺《ころ》してくださらないように書《か》いておく。あれはお父《と》っさんのほんとうの子《こ》でないから、死《し》ななくてもいい。それにお父《と》っさんがこの家《いえ》のあとを取《と》らせようといっていらっしゃったのだから、殺《ころ》されない方《ほう》がいいのである。いちは妹《いもうと》にそれだけのことを話《はな》した。

「でもこわいわねえ」と、まつがいった。

「そんなら、お父《と》っさんが助《たす》けてもらいたくないの」

「それは助《たす》けてもらいたいわ」

「それごらん。まつさんはただわたしについてきて同《おな》じようにさえしていればいいのだよ。わたしが今夜《こんや》願書《ねがいしょ》を書《か》いておいて、あしたの朝早《あさはや》く持《も》っていきましょうね」

いちは起《お》きて、手習《てなら》いの清書《せいしょ》をする半紙《はんし》に、平仮名《ひらがな》で願書《がんしょ》を書《か》いた。

手習《てなら》い…習字《しゅうじ》の昔《むかし》のいい方《かた》。

父《ちち》の命《いのち》を助《たす》けて、その代《か》わりに自分《じぶん》と妹《いもうと》のまつ、とく、弟《おとうと》の初五郎《はつごろう》をおしおきにしていただきたい、実子《じっし》でない長太郎《ちょうたろう》だけはおゆるしくださるようにというだけのことではあるが、どう書《か》きつづっていいかわからぬので、幾度《いくど》も書《か》きそこなって、清書《せいしょ》のためにもらってあった白紙《しらかみ》が残《のこ》り少《ずく》なになった。しかしとうとう一番鶏《いちばんどり》のなくころに願書《がんしょ》ができた。

願書《がんしょ》を書《か》いているうちに、まつが寐入《ねい》ったので、いちは小声《こごえ》で呼《よ》び起《お》こして、床《とこ》のわきにたたんであった不断着《ふだんぎ》に着《き》かえさせた。そして自分《じぶん》も支度《したく》をした。

女房《にょうぼう》と初五郎《はつごろう》とは知《し》らずに寐《ね》ていたが、長太郎《ちょうたろう》が目《め》をさまして、「ねえさん、もう夜《よ》が明《あ》けたの」といった。

いちは長太郎《ちょうたろう》の床《とこ》のそばへ往《い》ってささやいた。「まだ早《はや》いから、お前《まえ》は寝《ね》ておいで。ねえさんたちは、お父《と》っさんの大事《だいじ》なご用《よう》で、そっと往《い》ってくるところがあるのだからね」

不断着《ふだんぎ》…日常《にちじょう》、家《いえ》のなかで着《き》る衣服《いふく》。普段着《ふだんぎ》に同《おな》じ。

「そんならおいらも往《い》く」といって、長太郎《ちょうたろう》はむっくり起《お》き上《あ》がった。

いちはいった。「じゃあ、お起《お》き、着物《きもの》を着《き》せてあげよう。長《ちょう》さんは小《ちい》さくても男《おとこ》だから、いっしょに往《い》ってくれれば、その方《ほう》がいいのよ」といった。

女房《にょうぼう》は夢《ゆめ》のようにあたりのさわがしいのを聞《き》いて、少《すこ》し不安《ふあん》になって寝《ね》がえりをしたが、目《め》はさめなかった。

三人《にん》の子《こ》どもがそっと家《いえ》をぬけだしたのは、二番鶏《にばんどり》のなくころであった。戸《と》の外《そと》は霜《しも》の暁《あかつき》であった。提灯《ちょうちん》を持《も》って、拍子木《ひょうしぎ》をたたいてくる夜《よ》廻《まわ》りの爺《じい》さんに、お奉行様《ぶぎょうさま》のところへはどう往《い》ったら往《ゆ》かれようと、いちがたずねた。爺《じい》さんは親切《しんせつ》な、ものわかりのいい人《ひと》で、子《こ》どもの話《はなし》をまじめに聞《き》いて、月番《つきばん》の西奉行所《にしぶぎょうしょ》のあるところを、ていねいに教《おし》えてくれた。当時《とうじ》の町奉行《まちぶぎょう》は、東《ひがし》が稲垣淡路守種信《いながきあわじのかみたねのぶ》で、西《にし》が佐佐又四郎成意《ささまたしろうなりむね》である。そして十一月《がつ》には西《にし》の佐佐《ささ》が月番《つきばん》に当《あ》たっていたのである。

月番《つきばん》…一月《ひとつき》ごとに受《う》け持《も》ちを交代《こうたい》してする勤務《きんむ》。月当番《つきとうばん》。

爺《じい》さんが教《おし》えているうちに、それを聞《き》いていた長太郎《ちょうたろう》が、「そんなら、おいらの知《し》った町《まち》だ」といった。そこで姉妹《きょうだい》は長太郎《ちょうたろう》を先《さき》に立《た》てて歩《ある》きだした。

ようよう西奉行所《にしぶぎょうしょ》にたどりついてみれば、門《もん》がまだしまっていた。門《もん》番所《ばんしょ》の窓《まど》の下《した》に往《い》って、いちが「もしもし」とたびたびくりかえして呼《よ》んだ。

しばらくして窓《まど》の戸《と》があいて、そこへ四十恰好《しじゅうがっこう》の男《おとこ》の顔《かお》がのぞいた。

「やかましい。なんだ」

「お奉行様《ぶぎょうさま》にお願《ねが》いがあってまいりました」と、いちが丁寧《ていねい》に腰《こし》をかがめていった。

「ええ」といったが、男《おとこ》は容易《ようい》に詞《ことば》の意味《いみ》を解《かい》しかねる様子《ようす》であった。

いちはまた同《おな》じことをいった。

男《おとこ》はようようわかったらしく、「お奉行様《ぶぎょうさま》には子《こ》どもがものを申《もう》し上《あ》げることはできない、親《おや》が出《で》てくるがいい」といった。

「いいえ、父《ちち》はあしたおしおきになりますので、それについてお願《ねが》いがございます」

「なんだ。あしたおしおきになる。それじゃあ、お前《まえ》は桂屋太郎兵衛《かつらやたろべえ》の子《こ》か」

「はい」といちが答《こた》えた。

「ふん」といって、男《おとこ》は少《すこ》し考《かんが》えた。そしていった。「けしからん。子《こ》どもまでが上《かみ》をおそれんと見《み》える。お奉行様《ぶぎょうさま》はお前《まえ》たちにお逢《あ》いはない。帰《かえ》れ帰《かえ》れ」こういって、窓《まど》をしめてしまった。

まつが姉《あね》にいった。「ねえさん、あんなにしかるから帰《かえ》りましょう」

いちはいった。「だまっておいで。しかられたって帰《かえ》るのじゃありません。ねえさんのする通《とお》りにしておいで」こういって、いちは門《もん》の前《まえ》にしゃがんだ。まつと長太郎《ちょうたろう》とはついてしゃがんだ。

三人《にん》の子《こ》どもは門《もん》のあくのをだいぶ久《ひさ》しく待《ま》った。ようよう貫木《かんのき》をは

貫木《かんのき》…門《もん》の戸《と》を両脇《りょうわき》の金具《かなぐ》にさして開《ひら》かないようにする横木《よこぎ》。閂《かんぬき》に同《おな》じ。

ずす音《おと》がして、門《もん》があいた。あけたのは、先《さき》に窓《まど》から顔《かお》を出《だ》した男《おとこ》である。

いちが先《さき》に立《た》って門内《もんない》に進《すす》み入《い》ると、まつと長太郎《ちょうたろう》とが背後《うしろ》に続《つづ》いた。

いちの態度《たいど》があまり平気《へいき》なので、門番《もんばん》の男《おとこ》は急《きゅう》に支《ささ》え留《と》めようともせずにいた。そしてしばらく三人《にん》の子《こ》どもの玄関《げんかん》の方《ほう》へ進《すす》むのを、目《め》をみはって見送《みおく》っていたが、ようよう我《われ》に帰《かえ》って、「これこれ」と声《こえ》をかけた。

「はい」といって、いちはおとなしく立《た》ち留《と》まってふりかえった。

「どこへ往《ゆ》くのだ。さっき帰《かえ》れといったじゃないか」

「そうおっしゃいましたが、わたくしどもはお願《ねが》いを聞《き》いていただくまでは、どうしても帰《かえ》らないつもりでございます」

「ふん。しぶとい奴《やつ》だな。とにかくそんなところへ往《い》ってはいかん。こっちへ来《こ》い」

子《こ》どもたちは引《ひ》き返《かえ》して、門番《もんばん》の詰所《つめしょ》へ来《き》た。それと同時《どうじ》に玄関脇《げんかんわき》から、「なんだ、なんだ」といって、二三人《にさんにん》の詰衆《つめしゅう》が出《で》てきて、子《こ》どもたち

詰所《つめしょ》…武士《ぶし》たち（与力《よりき》・同心《どうしん》）が出勤《しゅっきん》しているところ。

詰衆《つめしゅう》…詰所《つめしょ》に在番《ざいばん》していた武士《ぶし》。

を取《と》り巻《ま》いた。いちはほとんどこうなるのを待《ま》ちかまえていたように、そこにうずくまって、懐中《かいちゅう》から書付《かきつけ》を出《だ》して、真《ま》っ先《さき》にいる与力《よりき》の前《まえ》に差《さ》しつけた。まつと長太郎《ちょうたろう》ともいっしょにうずくまって礼《れい》をした。

書付《かきつけ》を前《まえ》へ出《だ》された与力《よりき》は、それを受《う》け取《と》ったものか、どうしたものかとまようらしく、だまっていちの顔《かお》を見《み》おろしていた。

「お願《ねが》いでございます」と、いちがいった。

「こいつらは木《き》津川口《づがわぐち》でさらしものになっている桂屋《かつらや》太郎兵衛《たろべえ》の子《こ》どもでございます。親《おや》の命乞《いのちご》いをするのだといっています」と、門番《もんばん》がかたわらから説明《せつめい》した。

与力《よりき》は同役《どうやく》の人《ひと》たちをかえりみて、「ではとにかく書付《かきつけ》をあずかっておいて、うかがってみることにしましょうかな」といった。それにはたれも異議《いぎ》がなかった。

与力《よりき》は願書《がんしょ》をいちの手《て》から受《う》け取《と》って、玄関《げんかん》にはいった。

与力《よりき》…町奉行所《まちぶぎょうしょ》の役職《やくしょく》のひとつ。奉行《ぶぎょう》と同心《どうしん》(下役《したやく》)の中間《ちゅうかん》に位置《いち》する職《しょく》。奉行《ぶぎょう》を補佐《ほさ》し、同心《どうしん》の指揮《しき》をとった。

西町奉行《にしまちぶぎょう》の佐佐《ささ》は、両奉行《りょうぶぎょう》のうちの新参《しんざん》で、大阪《おおさか》に来《き》てから、まだ一年《ねん》たっていない。役向《やくむ》きのことはすべて同役《どうやく》の稲垣《いながき》に相談《そうだん》して、城代《じょうだい》にうかがって処置《しょち》するのであった。それであるから、桂屋太郎兵衛《かつらやたろべえ》の公事《くじ》について、前役《まえやく》の申《もう》し継《つ》ぎを受《う》けてから、それを重要事件《じゅうようじけん》として気《き》にかけていて、ようよう処刑《しょけい》の手続《てつづ》きがすんだのを重荷《おもに》をおろしたように思《おも》っていた。

そこへ今朝《けさ》になって、宿直《しゅくちょく》の与力《よりき》が出《で》て、命乞《いのちご》いの願《ねが》いに出《で》たものがあるといったので、佐佐《ささ》はまずせっかく運《はこ》ばせたことに邪魔《じゃま》がはいったように感《かん》じた。

「まいったのはどんなものか」佐佐《ささ》の声《こえ》は不機嫌《ふきげん》であった。

「太郎兵衛《たろべえ》の娘両人《むすめりょうにん》と倅《せがれ》とがまいりまして、年上《としうえ》の娘《むすめ》が願書《がんしょ》を差《さ》し上《あ》げたいと申《もう》しますので、これにあずかっております。ごらんになりましょうか」

城代《じょうだい》…幕府《ばくふ》の役職《やくしょく》のひとつ。城《しろ》をあずかり守《まも》る者《もの》。大坂《おおさか》（大阪《おおさか》）城代《じょうだい》。当時《とうじ》幕府《ばくふ》は大坂城《おおさかじょう》には城主《じょうしゅ》は置《お》かず、城代《じょうだい》がその任《にん》にあたっていた。

公事《くじ》…訴訟事件《そしょうじけん》のこと。

「それは目安箱《めやすばこ》をもお設《もう》けになっておるご趣意《しゅい》から、次第《しだい》によっては受《う》け取《と》ってもよろしいが、いちおうはそれぞれ手続《てつづ》きのあることを申《もう》し聞《き》かせんではなるまい。とにかくあずかっておるなら、内見《ないけん》しよう」

与力《よりき》は願書《がんしょ》を佐佐《ささ》の前《まえ》に出《だ》した。それをひらいてみて佐佐《ささ》は不審《ふしん》らしい顔《かお》をした。「いちというのがその年上《としうえ》の娘《むすめ》であろうが、何歳《なんさい》になる」

「取《と》り調《しら》べはいたしませんが、十四五歳《じゅうしごさい》くらいに見受《みう》けまする」

「そうか」 佐佐《ささ》はしばらく書付《かきつけ》を見《み》ていた。ふつつかな仮名文字《かなもじ》で書《か》いてはあるが、条理《じょうり》がよく整《ととの》っていて、大人《おとな》でもこれだけの短文《たんぶん》に、これだけの事柄《ことがら》を書《か》くのは、容易《ようい》であるまいと思《おも》われるほどである。大人《おとな》が書《か》かせたのではあるまいかという念《ねん》が、ふときざした。続《つづ》いて、上《かみ》をいつわる横着物《おうちゃくもの》の所為《しょい》ではないかと思議《しぎ》した。それからいちおうの処置《しょち》を考《かんが》えた。太郎兵衛《たろべえ》は明日《みょうにち》の夕方《ゆうがた》までさらすことになっている。刑《けい》を執行《しっこう》するまでには、まだ時《とき》がある。それまでに願書《がんしょ》を受理《じゅり》しようとも、すま

目安箱《めやすばこ》…庶民《しょみん》の不満《ふまん》などの投書《とうしょ》(直訴《じきそ》)をうけるために、評定所《ひょうじょうしょ》の門前《もんぜん》に置《お》かれた箱《はこ》。八代将軍吉宗《はちだいしょうぐんよしむね》の享保《きょうほう》の改革《かいかく》によって、始《はじ》められたとされる。

きざした…芽生《めば》えた。

いとも、同役《どうやく》に相談《そうだん》し、上役《うわやく》にうかがうこともできる。またよしやその間《あいだ》に情偽《じょうぎ》があるとしても、相当《そうとう》の手続《てつづ》きをさせるうちには、それを探《さぐ》ることもできよう。とにかく子《こ》どもを帰《かえ》そうと、佐佐《ささ》は考《かんが》えた。

　そこで与力《よりき》にはこういった。この願書《がんしょ》は内見《ないけん》したが、これは奉行《ぶぎょう》に出《だ》されぬから、持《も》って帰《かえ》って町年寄《まちどしより》に出《だ》せといえといった。

　与力《よりき》は、門番《もんばん》が帰《かえ》そうとしたが、どうしても帰《かえ》らなかったということを、佐佐《ささ》にいった。佐佐《ささ》は、そんなら菓子《かし》でもやって、すかして帰《かえ》せ、それでもきかぬなら引《ひ》き立《た》てて帰《かえ》せと命《めい》じた。

　与力《よりき》の座《ざ》を起《た》ったあとへ、城代太田備中守資晴《じょうだいおおたびっちゅうのかみすけはる》が訪《たず》ねてきた。正式《せいしき》の見廻《みまわ》りではなく、私《わたくし》の用事《ようじ》があって来《き》たのである。太田《おおた》の用事《ようじ》がすむと、佐佐《ささ》はただ今《いま》かようかようのことがあったと告《つ》げて、自分《じぶん》の考《かんが》えを述《の》べ、指図《さしず》を請《こ》うた。

　太田《おおた》は別《べつ》に思案《しあん》もないので、佐佐《ささ》に同意《どうい》して、午過《ひるす》ぎに東町奉行稲垣《ひがしまちぶぎょういながき》

所為《しょい》…しわざ。ふるまい。

またよしや…またかりに。

情偽《じょうぎ》…ここでは、うそいつわりのこと。

をも出席《しゅっせき》させて、町年寄《まちどしより》五人《にん》に桂屋太郎兵衛《かつらやたろべえ》が子《こ》どもを召《め》し連《つ》れて出《だ》させることにした。情偽《じょうぎ》があろうかという、佐佐《ささ》の懸念《けねん》ももっともだというので、白洲《しらす》へは責道具《せめどうぐ》を並《なら》べさせることにした。これは子《こ》どもをおどして実《じつ》をはかせようという手段《しゅだん》である。

ちょうどこの相談《そうだん》がすんだところへ、前《まえ》の与力《よりき》が出《で》て、入《い》り口《ぐち》にひかえて気色《けしき》をうかがった。

「どうじゃ、子《こ》どもは帰《かえ》ったか」と、佐佐《ささ》が声《こえ》をかけた。

「御意《ぎょい》でござりまする。お菓子《かし》をつかわしまして帰《かえ》そうといたしましたが、いちと申《もう》す娘《むすめ》がどうしてもききませぬ。とうとう願書《がんしょ》を懐《ふところ》へ押《お》しこみまして、引《ひ》き立《た》てて帰《かえ》しました。妹娘《いもうとむすめ》はしくしく泣《な》きましたが、いちは泣《な》かずに帰《かえ》りました」

「よほど情《じょう》の剛《こわ》い娘《むすめ》と見《み》えますな」と、太田《おおた》が佐佐《ささ》をかえりみていった。

白洲《しらす》…町奉行所《まちぶぎょうしょ》で罪人《ざいにん》を取《と》り調《しら》べる場所《ばしょ》。おしらす。

未《ひつじ》の下刻《げこく》…昔《むかし》の時刻《じこく》の名《な》のひとつ。今《いま》の午後《ごご》3時《じ》ごろ。

書院《しょいん》…白洲《しらす》のうち、最上段《さいじょうだん》の書院窓《しょいんまど》のある畳敷《たたみじ》きの座敷《ざしき》のこと。

十一月二十四日《がつにじゅうしにち》の未《ひつじ》の下刻《げこく》である。西町奉行所《にしまちぶぎょうしょ》の白洲《しらす》ははればれしい光景《こうけい》を呈《てい》している。書院《しょいん》には両奉行《りょうぶぎょう》が列座《れつざ》する。奥《おく》まったところには別《べつ》席《せき》を設《もう》けて、表向《おもてむ》きの出座《しゅつざ》ではないが、城代《じょうだい》が取調《とりしらべ》のもようを余所《よそ》ながら見《み》にきている。縁側《えんがわ》には取調《とりしらべ》を命《めい》ぜられた与力《よりき》が、書役《かきやく》をしたがえて着座《ちゃくざ》する。

同心《どうしん》らが三道具《みつどうぐ》をつきたてて、いかめしく警固《けいご》している庭《にわ》に、拷問《ごうもん》に用《もち》いる、あらゆる道具《どうぐ》が並《なら》べられた。そこへ桂屋太郎兵衛《かつらやたろべえ》の女房《にょうぼう》と五人《にん》の子《こ》どもとを連《つ》れて、町年寄《まちどしより》五人《にん》が来《き》た。

尋問《じんもん》は女房《にょうぼう》から始《はじ》められた。しかし名《な》を問《と》われ、年《とし》を問《と》われたときに、かつがつ返事《へんじ》をしたばかりで、そのほかのことを問《と》われても、「いっこうに存《ぞん》じませぬ」、「おそれ入《い》りました」というよりほか、何一《なにひと》つ申《もう》し立《た》てない。

次《つぎ》に長女《ちょうじょ》いちが調《しら》べられた。当年《とうねん》十六歳《さい》にしては、少《すこ》しおさなく見《み》える、痩《や》せ肉《じし》の小娘《こむすめ》である。しかしこれはちとの臆《おく》する気色《けしき》もなしに、一《いち》

書役《かきやく》…書記《しょき》（筆記係《ひっきがかり》）の当時《とうじ》の呼《よ》び方《かた》。これは同心《どうしん》が勤《つと》めた。
同心《どうしん》…町奉行所《まちぶぎょうしょ》の役職《やくしょく》のひとつ。与力《よりき》の下《した》で庶務《しょむ》・警察《けいさつ》などを担当《たんとう》した。
三道具《みつどうぐ》…三《みっ》つがひと組《く》みになった道具《どうぐ》。ここでは突棒《つきぼう》・刺叉《さすまた》・袖搦《そでがらみ》の三種《さんしゅ》。

部始終《ぶしじゅう》の陳述《ちんじゅつ》をした。祖母《そぼ》の話《はなし》を物蔭《ものかげ》から聞《き》いたこと、夜《よる》になって床《とこ》に入《い》ってから、出願《しゅつがん》を思《おも》い立《た》ったこと、妹《いもうと》まつに打《う》ち明《あ》けて勧誘《かんゆう》したこと、自分《じぶん》で願書《がんしょ》を書《か》いたこと、長太郎《ちょうたろう》が目《め》をさましたので同行《どうこう》をゆるし、奉《ぶ》行所《ぎょうしょ》の町名《ちょうめい》を聞《き》いてから、案内《あんない》をさせたこと、奉行所《ぶぎょうしょ》に来《き》て門番《もんばん》と応対《おうたい》し、ついで詰衆《つめしゅう》の与力《よりき》に願書《がんしょ》の取《と》り次《つ》ぎをたのんだこと、与力《よりき》らに強要《きょうよう》せられて帰《かえ》ったこと、およそ前日来経歴《ぜんじつらいけいれき》したことを問《と》われるままに、はっきり答《こた》えた。

「それではまつのほかにはだれにも相談《そうだん》はいたさぬのじゃな」と、取調《とりしらべ》役《やく》が問《と》うた。

「だれにも申《もう》しません。長太郎《ちょうたろう》にもくわしいことは申《もう》しません。お父《と》っさんを助《たす》けていただくように、お願《ねが》いしに往《い》くと申《もう》しただけでございます。お役所《やくしょ》から帰《かえ》りまして、年寄衆《としよりしゅう》のお目《め》にかかりましたとき、わたくしども四人《にん》の命《いのち》を差《さ》し上《あ》げて、父《ちち》をお助《たす》けくださるように願《ねが》うのだと申《もう》

(145ページ) **かつがつ**…ともかくも。とりあえず。
陳述《ちんじゅつ》…当事者《とうじしゃ》がそれまでのいきさつを申《もう》し述《の》べること。

しましたら、長太郎《ちょうたろう》が、それでは自分《じぶん》も命《いのち》が差《さ》し上《あ》げたいと申《もう》して、とうとうわたくしに自分《じぶん》だけのお願書《ねがいしょ》を書《か》かせて、持《も》ってまいりました」

いちがこう申《もう》し立《た》てると、長太郎《ちょうたろう》が懐《ふところ》から書付《かきつけ》を出《だ》した。

取調役《とりしらべやく》の指図《さしず》で、同心《どうしん》が一人《ひとり》長太郎《ちょうたろう》の手《て》から書付《かきつけ》を受《う》け取《と》って、縁側《えんがわ》に出《だ》した。

取調役《とりしらべやく》はそれをひらいて、いちの願書《がんしょ》と引《ひ》きくらべた。いちの願書《がんしょ》は町年寄《まちどしより》の手《て》から、取調《とりしらべ》の始《はじ》まる前《まえ》に、出《だ》させてあったのである。

長太郎《ちょうたろう》の願書《がんしょ》には、自分《じぶん》も姉《あね》や姉弟《きょうだい》といっしょに、父《ちち》の身代《みが》わりになって死《し》にたいと、前《まえ》の願書《がんしょ》と同《おな》じ手跡《しゅせき》で書《か》いてあった。

取調役《とりしらべやく》は「まつ」と呼《よ》びかけた。しかしまつは呼《よ》ばれたのに気《き》がつかなかった。いちが「お呼《よ》びになったのだよ」といったとき、まつははじめておそるおそるうなだれていた頭《こうべ》をあげて、縁側《えんがわ》の上《うえ》の役人《やくにん》を見《み》た。

「お前《まえ》は姉《あね》といっしょに死《し》にたいのだな」と、取調役《とりしらべやく》が問《と》うた。

手跡《しゅせき》…その人《ひと》が書《か》いた文字《もじ》。筆跡《ひっせき》に同《おな》じ。

まつは「はい」といってうなずいた。

次《つぎ》に取調役《とりしらべやく》は「長太郎《ちょうたろう》」と呼《よ》びかけた。

長太郎《ちょうたろう》はすぐに「はい」といった。

「お前《まえ》は書付《かきつけ》に書《か》いてある通《とお》りに、兄弟《きょうだい》いっしょに死《し》にたいのじゃな」

「みんな死《し》にますのに、わたしが一人《ひとり》生《い》きていたくはありません」と、長太郎《ちょうたろう》ははっきり答《こた》えた。

「とく」と取調役《とりしらべやく》が呼《よ》んだ。とくは姉《あね》や兄《あに》が順序《じゅんじょ》に呼《よ》ばれたので、こん度《ど》は自分《じぶん》が呼《よ》ばれたのだと気《き》がついた。そしてただ目《め》をみはって役人《やくにん》の顔《かお》を仰《あお》ぎ見《み》た。

「お前《まえ》も死《し》んでもいいのか」

とくはだまって顔《かお》を見《み》ているうちに、唇《くちびる》に血色《けっしょく》が亡《な》くなって、目《め》に涙《なみだ》がいっぱいたまってきた。

「初五郎《はつごろう》」と取調役《とりしらべやく》が呼《よ》んだ。

ようよう六歳《さい》になる末子《ばっし》の初五郎《はつごろう》は、これもだまって役人《やくにん》の顔《かお》を見《み》たが、「お前《まえ》はどうじゃ、死《し》ぬるのか」と問《と》われて、活潑《かっぱつ》にかぶりをふった。書院《しょいん》の人々《ひとびと》は覚《おぼ》えず、それを見《み》て微笑《ほほえ》んだ。

このとき佐佐《ささ》が書院《しょいん》の敷居際《しきいぎわ》まで進《すす》み出《で》て、「いち」と呼《よ》んだ。

「はい」

「お前《まえ》の申《もう》し立《た》てにはうそはあるまいな。もし少《すこ》しでも申《もう》したことに間《ま》違《ちが》いがあって、人《ひと》に教《おし》えられたり、相談《そうだん》をしたりしたのなら、今《いま》すぐに申《もう》せ。隠《かく》して申《もう》さぬと、そこに並《なら》べてある道具《どうぐ》で、まことのことを申《もう》すまで責《せ》めさせるぞ」　佐佐《ささ》は責道具《せめどうぐ》のある方角《ほうがく》を指《ゆび》さした。

いちは指《さ》された方角《ほうがく》を一目《ひとめ》見《み》て、少《すこ》しもたゆたわずに、「いえ、申《もう》したことに間違《まちが》いはございません」といいはなった。その目《め》は冷《ひや》やかで、その詞《ことば》はしずかであった。

「そんなら今一《いまひと》つお前《まえ》に聞《き》くが、身代《みが》わりをお聞《き》き届《とど》けになると、お前《まえ》

かぶりをふる…頭《あたま》をふる。不承諾《ふしょうだく》、あるいは否定《ひてい》の意《い》の表現《ひょうげん》。
たゆたわずに…ためらわずに。

たちはすぐに殺《ころ》されるぞよ。父《ちち》の顔《かお》を見《み》ることはできぬが、それでもいいか」

「よろしゅうございます」と、同《おな》じような、冷《ひや》やかな調子《ちょうし》で答《こた》えたが、少《すこ》し間《ま》をおいて、何《なに》か心《こころ》に浮《う》かんだらしく、「お上《かみ》の事《こと》には間違《まちが》いはございますまいから」といいたした。

佐佐《ささ》の顔《かお》には、不意打《ふいう》ちに逢《あ》ったような、驚愕《きょうがく》の色《いろ》が見《み》えたが、それはすぐに消《き》えて、険《けわ》しくなった目《め》が、いちの面《おもて》に注《そそ》がれた。憎悪《ぞうお》を帯《お》びた驚異《きょうい》の目《め》とでもいおうか。しかし佐佐《ささ》は何《なに》もいわなかった。

次《つ》いで佐佐《ささ》は何《なに》やら取調役《とりしらべやく》にささやいたが、まもなく取調役《とりしらべやく》が町年寄《まちどしより》に、「ご用《よう》がすんだから、引《ひ》き取《と》れ」といいわたした。

白洲《しらす》を下《さ》がる子《こ》どもらを見送《みおく》って、佐佐《ささ》は太田《おおた》と稲垣《いながき》とに向《む》いて、「生《お》い先《さき》のおそろしいものでござりますな」といった。心《こころ》のなかには、哀《あわ》れな孝行娘《こうこうむすめ》の影《かげ》も残《のこ》らず、人《ひと》に教唆《きょうさ》せられた、おろかな子《こ》どもの影《かげ》も残《のこ》ら

お上《かみ》の事《こと》には——…お上《かみ》(武家支配階級《ぶけしはいかいきゅう》)がまさか嘘《うそ》をついてだましたりするわけはなく、きちんと約束《やくそく》を守《まも》ってくれるはずだから、の意《い》。
教唆《きょうさ》…教《おし》えそそのかすこと。

ず、ただ氷《こおり》のように冷《ひ》やかに、刃《やいば》のようにするどい、いちの最後《さいご》の詞《ことば》の最後《さいご》の一句《いっく》が反響《はんきょう》しているのである。元文《げんぶん》ごろの徳川家《とくがわけ》の役人《やくにん》は、もとより「マルチリウム」という洋語《ようご》も知《し》らず、また当時《とうじ》の辞書《じしょ》には献身《けんしん》という訳語《やくご》もなかったので、人間《にんげん》の精神《せいしん》に、老若男女《ろうにゃくなんにょ》の別《べつ》なく、罪人《ざいにん》太郎《たろ》兵衛《べえ》の娘《むすめ》に現《あらわ》れたような作用《さよう》があることを、知《し》らなかったのは無理《むり》もない。しかし献身《けんしん》のうちにひそむ反抗《はんこう》の鋒《ほこさき》は、いちと語《ことば》を交《まじ》えた佐佐《ささ》のみではなく、書院《しょいん》にいた役人一同《やくにんいちどう》の胸《むね》をも刺《さ》した。

城代《じょうだい》も両奉行《りょうぶぎょう》もいちを「変《へん》な小娘《こむすめ》だ」と感《かん》じて、その感《かん》じにはものでも憑《つ》いているのではないかという迷信《めいしん》さえ加《くわ》わったので、孝女《こうじょ》に対《たい》する同情《どうじょう》は薄《うす》かったが、当時《とうじ》の行政司法《ぎょうせいしほう》の、元始的《げんしてき》な機関《きかん》が自然《しぜん》に活動《かつどう》して、いちの願意《がんい》は期《き》せずして貫徹《かんてつ》した。桂屋太郎兵衛《かつらやたろべえ》の刑《けい》の執行《しっこう》は、「江戸《えど》へ伺中《うかがいちゅう》日《ひ》延《のべ》」ということになった。これは取調《とりしらべ》のあった翌日《よくじつ》、十一月《がつ》二十

マルチリウム…ラテン語《ご》。殉教《じゅんきょう》、献身《けんしん》の意《い》。
孝女《こうじょ》…孝行《こうこう》な娘《むすめ》。
貫徹《かんてつ》…思《おも》いをつらぬきとおすこと。ここでは、願《ねが》いが成就《じょうじゅ》したの意《い》。

五日《にち》に町年寄《まちどしより》に達《たっ》せられた。次《つ》いで元文《げんぶん》四年《ねん》三月二日《がっふつか》に、「京都《きょうと》に於《お》いて大嘗会《だいじょうえ》御執行《ごしっこう》相成候《あいなりそうろう》てより日限《にちげん》も不相立儀《あいたたざるぎ》に付《つき》、太郎兵衛《たろべえ》事《こと》、死罪御赦《しざいごしゃ》免被仰出《めんおおせいだされ》、大阪北《おおさかきた》、南組《みなみぐみ》、天満《てんま》の三口御構《みくちおかまい》の上追放《うえついほう》」ということになった。桂屋《かつらや》の家族《かぞく》は、再《ふたた》び西奉行所《にしぶぎょうしょ》に呼《よ》び出《だ》されて、父《ちち》に別《わか》れを告《つ》げることができた。大嘗会《だいじょうえ》というのは、貞享《じょうきょう》四年《ねん》に東山天皇《ひがしやまてんのう》の盛儀《せいぎ》があってから、桂屋太郎兵衛《かつらやたろべえ》のことを書《か》いた高札《こうさつ》の立《た》った元文《げんぶん》三年《ねん》十一月《がつ》二十三日《にち》の直前《ちょくぜん》、同《おな》じ月《つき》の十九日《にち》に、五十一年目《ねんめ》に、桜町天皇《さくらまちてんのう》が挙行《きょこう》したもうまで、中絶《ちゅうぜつ》していたのである。

京都《きょうと》に於《お》いて――…京都《きょうと》における大嘗祭《だいじょうさい》の恩赦《おんしゃ》で、太郎兵衛《たろべえ》の死罪《しざい》を減刑《げんけい》し、大阪《おおさか》の地《ち》（北《きた》、南《みなみ》、天満《てんま》の内《うち》）からの追放刑《ついほうけい》とするの意《い》。

大嘗会《だいじょうえ》…大嘗祭《だいじょうさい》のこと。天皇《てんのう》が即位後《そくいご》、初《はじ》めて行《おこな》う祭事《さいじ》（新嘗祭《にいなめさい》）。

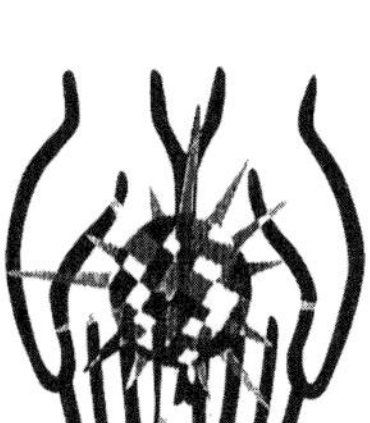

◆作品によせて

ひそやかな思い、強い願い

水越規容子
（東京都公立中学校図書指導員）

人はさまざまな願いや思いを、心のなかに持って生きています。それは意識《いしき》されようとされまいと、その人の心の奥深《おくぶか》くに確かに存在《そんざい》するものです。しかし、心の底《そこ》から願い、思うということは、ただなんとなく願い思っていることとは違《ちが》います。それは必ずなんらかの行動となって現れるはずです。きっとそれが、まごころなのではないでしょうか。まごころの形は人それぞれで、ある人は道ばたの花に思いを込《こ》め、またある人は復讐《ふくしゅう》の鬼《おに》となって一本の針《はり》にその願いをかけます。純粋無垢《じゅんすいむく》な思いは美しい杉林となって、その人が亡《な》くなってしまった後もたくさんの人々に清々《すがすが》しい風を送り、あるいは、こんこんと湧《わ》き出《で》る泉《いずみ》となって人々の生活をうるおします。心を込めて願いを追求すれば、いつしかさざ波のように思いが伝わり、周《まわ》りの人々を巻《ま》き込《こ》んで小さな奇跡《きせき》を生み出すのかもしれません。

時には悪意《あくい》や無理解《むりかい》が妨害《ぼうがい》し、あるいは嘲笑《ちょうしょう》されるかもしれません。それでも、まごころから発した願いや思いの強さがどのような結果を生むか、ここに集めた作品から感じとってください。きっとあなた自身の願いも通じるはずです。

『**キンショキショキ**』(豊島与志雄《とよしまよしお》)で語られるのは、猿《さる》と人間との温かな交流で、ここには根本的《こんぽんてき》にやさしい人しか登場しません。子どもたちも村人も、そして懸命《けんめい》に爺《じい》さんを助けようとする猿も。のどかで豊かな自然の恵《めぐ》みと人々のやさしい心が溶《と》け込《こ》んでか、湧《わ》き出《で》る泉《いずみ》の水さえも、えもいわれぬ美味《びみ》となるのです。

竹久夢二《たけひさゆめじ》が『**日輪草**《ひまわりそう》』で描《えが》いたのは、たった一輪《りん》の花に懸命に尽《つ》くす熊《くま》さんの姿《すがた》です。それは、あたかもバラの花に恋《こい》をした星の王子さまのようで、首をたれて眠《ねむ》る花を、日が暮れて暗くなるまで、じっと眺《なが》めているのです。このとき、熊さんはどんなにか幸せだったことでしょう。そして物いわぬけれど、その花も。

幸せといえば、『**虔十公園林**《けんじゅうこうえんりん》』(宮沢賢治《みやざわけんじ》)の虔十《けんじゅう》ほど幸せだった人はいないかもしれません。彼《かれ》は子どもたちや村人に笑われても、自分の杉林を丹精込《たんせいこ》めて大切に育てます。やがてそれは、そこで遊んだ子どもたちだけでなく、多くの人々をも魅了《みりょう》していきます。虔十の思いを大切に守ろうとした家族のまごころにも、心打たれます。

『利根《とね》の渡《わたし》』（岡本綺堂《おかもときどう》）は不気味《ぶきみ》な話です。ほんの小さな過《あやま》ちのために盲目《もうもく》にされた侍《さむらい》が、それからの十数年をひたすら仇《かたき》を討《う》つことを悲願《ひがん》に、利根川《とねがわ》べりに立ちつづけます。その執念《しゅうねん》にも驚《おどろ》かされますが、その執念が一本の針《はり》となって、最後には本懐《ほんかい》をとげる運びに、人の思いのすごさを感じさせられます。

『家霊《かれい》』（岡本《おかもと》かの子《こ》）には、ただでどじょう汁《じる》をせがむ、しょうもない彫金師《ちょうきんし》が登場します。しかし彼《かれ》は隠《かく》れた名工《めいこう》で、命を刻《きざ》むようにしてできた百に一つの名品をくめ子の母に捧《ささ》げ、そして彼女《かのじょ》もまた、夫の放蕩《ほうとう》に絶望《ぜつぼう》しながら、命を込《こ》めて彫《ほ》られた簪《かんざし》にひそかに救いを見出《みいだ》していたのです。聖《せい》と俗《ぞく》とが入《い》り混《ま》じった彫金師のしたたかさには、共感を覚えます。

『名人伝《めいじんでん》』（中島《なかじま》　敦《あつし》）は、苦難《くなん》の修業《しゅぎょう》の末に天下一の弓の名手となった男の、不思議《ふしぎ》な逸《いつ》話《わ》です。修業の過酷《かこく》さもさることながら、天下一の名人となった彼の心が、もはや射《しゃ》を離《はな》れ、枯淡虚静《こたんきょせい》の域《いき》に到達《とうたつ》している様《さま》には驚《おどろ》きです。心を込めて一心不乱《いっしんふらん》に極《きわ》めることの極致《きょくち》が、ここには描《えが》かれています。

『最後《さいご》の一句《いっく》』（森《もり》　鷗外《おうがい》）では、十六歳《さい》のいちが、斬罪《ざんざい》と決まった父親の命を助けたいと懸命《けんめい》に考えた末、自分の命を投げ出して身代《みが》わりになることを思いつきます。鷗外が描《えが》くのは、単なる親孝行《おやこうこう》を超《こ》えた一人の少女の潔《いさぎよ》い行動です。いちの強い願いが凝縮《ぎょうしゅく》され、生意気《なまいき》さや無礼《ぶれい》とは違《ちが》う鋭《するど》い言葉となって、居並《いなら》ぶ役人たちをたじろがせるのです。結果としていちの願いは、父親の赦免《しゃめん》となってかなえられます。

こうしてみてくると、人の心の在《あ》り様《よう》と、それが成《な》しとげることの大きさには感嘆《かんたん》せずにはいられません。人は心変わりしやすく、すぐに投げ出してしまいがちなものです。ずっと何かを願いつづけること、思いつづけることは、決してたやすいことではありません。しかしかなえられた願いを見るならば、まごころから思い願うということは、たゆまず行動しつづけること、あるいは、毅然《きぜん》として立ち向かうことに繋《つな》がるように思えます。不屈《ふくつ》の心を持ってはじめて、願いや思いはかなえられるということなのでしょう。

ほかにも、そうした人々のまごころを描《えが》いた作品は多数あります。歴史《れきし》に名を残した人のものも無名の人のものも、ともに感動を呼《よ》びます。たとえば吉村昭《よしむらあきら》の『長英逃亡《ちょうえいとうぼう》』は、自ら薬品で顔を焼《や》いて、追っ手を逃《のが》れながら兵書《へいしょ》の翻訳《ほんやく》を成《な》しとげた、気骨《きこつ》ある日本人の物語です。菊池寛《きくちかん》の『恩讐《おんしゅう》の彼方《かなた》に』も、一身《いっしん》を投げ打って難事業《なんじぎょう》に挑《いど》む僧《そう》が描かれます。とても真似《まね》はできませんが、大きな励《はげ》ましをあたえてくれます。

（みずこし　きよこ／親子読書地域文庫全国連絡会・子どもの本研究会　会員）

【編集付記】

編集にあたり、十代の読者にとって少しでも読みやすくなるよう、次の要領で、文字表記の統一をおこないました。ただし、できる限り原文を損なわないよう、配慮しました。

①底本は、それぞれの作品の、もっとも信頼にたると思われる個人全集、校本等にもとづき、数種の単行本、文庫本、初出雑誌等を参考に作成しました。各作品の底本については、別途一覧を設けました。

②送りがな、およびふりがなも、底本とその他の参考図書にもとづきました。これらに明示されていないふりがなは、編集部で付しました。

③旧かなづかいを、現代かなづかいにあらためました。

④漢字の旧字体は、新字体にあらためました。異体字の使用にあたっては、適宜基準をもうけました。

⑤外来語表記は、すべて底本通りにしました。

⑥「　」のなかの「。」を取るなど、一部形式的な統一をほどこしました。

なお、本文中には、今日の人権意識から見て不適切と思われる表現がふくまれていますが、原作が書かれた時代的背景・文化性とともに、著者が差別助長の意図で使用していないことなどを考慮して、原文のままとしました。

〈くもん出版編集部〉

扉イラスト＝岩淵慶造（p21）ウノカマキリ（p47）・勝川克志（p5.107）・小坂　茂（p125）
小林裕美子（p29・および脚注カット）・古屋あきさ（p77）

装丁＝池畠美香（オーパー）　**カバーイラスト**＝峰村友美　**本文デザイン**＝吉田　亘（スーパーシステム）

【底本一覧】

キンショキショキ　豊島与志雄…『夢の卵』（一九二七年・赤い鳥社／ほるぷ出版復刻版）

日輪草　竹久夢二…『小学館文庫　童話集 春』（二〇〇四年・小学館）

虔十公園林　宮沢賢治…『新・校本宮沢賢治全集10』（一九九五年・筑摩書房）

利根の渡　岡本綺堂…『ちくま文庫　怪奇探偵小説傑作選1　岡本綺堂集 青蛙堂鬼談』（二〇〇一年・筑摩書房）

家霊　岡本かの子…『岡本かの子全集4』（一九七四年・冬樹社）

名人伝　中島 敦…『中島敦全集1』（二〇〇一年・筑摩書房）

最後の一句　森 鷗外…『鷗外全集16』（一九七三年・岩波書店）

読書がたのしくなる●ニッポンの文学

まごころ、お届けいたします。

二〇〇九年二月二八日　初版第一刷発行
二〇一九年八月十一日　初版第四刷発行

作家――岡本かの子・岡本綺堂・竹久夢二・豊島与志雄
中島 敦・宮沢賢治・森 鷗外
発行人――志村直人
発行所――株式会社くもん出版
〒108-8617 東京都港区高輪4-10-18
京急第1ビル 13F
電話 03-6836-0301（代表）
03-6836-0317（編集部直通）
03-6836-0305（営業部直通）
https://www.kumonshuppan.com/
印刷所――株式会社精興社

NDC913・くもん出版・160ページ・20㎝・2009年
ISBN978-4-7743-1404-4